U0588270

天使不哭

纤云若水　著

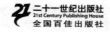
二十一世纪出版社
21st Century Publishing House
全国百佳出版社

图书在版编目（CIP）数据

天使不哭 / 纤云若水著. -- 南昌：二十一世纪出版社，
2014.3（2022.4重印）
（后青春期丛书）
ISBN 978-7-5391-9125-6

Ⅰ.①天… Ⅱ.①纤… Ⅲ.①长篇小说—中国—当代
Ⅳ.①I247.5

中国版本图书馆 CIP 数据核字 (2013) 第 290001 号

天使不哭

纤云若水 / 著

策　　划	张　明	
责任编辑	张　宇	
特约编辑	陈忠杰	
出版发行	二十一世纪出版社（江西省南昌市子安路 75 号　330009）	
	www.21cccc.com　cc21@163.net	
出 版 人	张秋林	
经　　销	新华书店	
印　　刷	三河市人民印务有限公司	
版　　次	2014年3月第1版　2022年4月第3次印刷	
开　　本	880×1230 mm　1/32	
印　　张	8.5	
字　　数	180 千	
书　　号	ISBN 978-7-5391-9125-6	
定　　价	22.00 元	

赣版权登字—04—2013—823

如发现印装质量问题，请寄本社图书发行公司调换 0791-86524997

Contents **目 录**

1 活着的孤独 …………………………………… 001

2 疯子娘走失 …………………………………… 006

3 心跳的月亮 …………………………………… 011

4 天使在流泪 …………………………………… 016

5 冷眼如血 ……………………………………… 021

6 永远的永远 …………………………………… 026

7 一生一世一双人 ……………………………… 031

8 但愿人长久 …………………………………… 037

9 两两相望 ……………………………………… 042

10 无可奈何 …………………………………… 047

11 此情绵绵 …………………………………… 052

12 丢失的童话 ………………………………… 057

13 深情牵挂 …………………………………… 064

14 心灵的折磨 ………………………………… 069

15 黑夜横行 …………………………………… 076

16 敢吃螃蟹的人 ……………………………… 082

17 这一场相聚 ………………………………… 088

18 无休止的凉 …………………………………… 094

19 一语万年 …………………………………… 099

20 与你追梦 …………………………………… 103

21 咫尺天涯 …………………………………… 108

22 等到花儿都谢了 …………………………… 114

23 悠悠离愁 …………………………………… 118

24 面朝伤悲 …………………………………… 123

25 素笺成灰 …………………………………… 130

26 一无所有 …………………………………… 136

27 相思无痕 …………………………………… 141

28 星星之火 …………………………………… 145

29 陌生的开端 ………………………………… 149

30 沉重的梦想 ………………………………… 153

31 虚伪地活着 ………………………………… 158

32 爱有多苦 …………………………………… 161

33 萍水相逢 …………………………………… 166

34 我只在乎你 ………………………………… 169

35 愁肠百结 …………………………………… 172

36 失魂落魄 …………………………………… 179

37 错落经年 …………………………………… 184

38 花落知多少 ………………………………… 189

39 曾经沧海难为水 …………………………… 193

40 此情成追忆 ………………………………… 200

41 怜悯是一种错 ……………………………… 205

42 苦苦逃避 …………………………………… 210

43 为了理想·····················218

44 突然的耻辱·····················223

45 锲而不舍的痴情·················228

46 情天恨海最泥泞·················233

47 血色折磨·······················240

48 舍你其谁·······················247

49 温柔的震撼·····················252

50 爱与被爱·······················256

51 承受不起的爱情·················260

52 如何相忘于江湖·················264

1 活着的孤独

　　窗外，凌乱的蛙鸣裹着蛐蛐的叫声，缠绕在夜空里，像是从苍穹滑落的羌笛，悠扬而凄婉。翻过这个玉兰飘香的四月，我就满十三岁了。我常常安静地坐着幻想未来。我是孤独的么？是的，我有着本不属于那个年龄的孤独和伤感。我常常在夜深人静的时候，偷偷地爬出被窝，站在夜空下，感受那种冰凉的快意，一次又一次地审视着自己。我能看见自己的心灵因缺乏营养而佝偻的样子。夜，永远沉默地注视着这个孤独中的孩子，我在这种恢弘的默默注视中得到了安慰。这么早，我已经略能体味这种独特的苍凉滋味，寂寞甚至是孤独地对抗着压抑而陈旧的现实的一切。我没受过什么大挫折，虽然不能为所欲为地吃，却没有受过食不果腹的困扰，可是我总觉得受了大磨难似的，感到一种沧桑，一种悲凉。

　　这些，当然不只是因为父亲喜欢在别人面前说我笨而导致的心理。但是可以肯定，我从每一次被别人否定的言论和嘲讽的目光中，一点一点地在内心深处将自己的卑微裹紧，而它随着一次又一次的小挫折而逐步扩散，最终导致了我青春期压抑的精神生活，并且在一场不成样子的初恋中走到了绝望的边缘……

一切都是在开始中结束，在结束中开始。譬如冬天，譬如灯火；譬如爱情，譬如生命……

我不知道，然而我必须知道遥不可及的未来，无根无茎。一缕袅袅眷眷的炊烟，从我头顶，盘旋出优雅的弧度，瞬间又销声匿迹。我是不爱笑的女孩，而我较少的笑容却烂漫纯真得像花一样。我眼睛里的纯净，随时可以装满天空深远的幽蓝。就像我在夜晚，习惯地试图用双手捧起洒落在窗棂的月光，然后轻轻放到那株粉红玉兰的身上。

喜欢上花朵，缘于哥哥栽植在院落里的一颗玉兰花。那是我长这么大以来，在这个小小的院落中看见过的唯一的花朵。在我久远的记忆中，这个院子里除了堆积着一些年久失修的废木头，就是几只下蛋的母鸡和一只留来打鸣的公鸡了。

那天清晨的雨水，来得很安静。我还没有来得及放下书包，就被耀眼的玉兰拦截了视线。比自己大两岁的哥哥正俯着身，向我摆手："薇儿，快来看呀，玉兰花！我从同学那里讨来的，不知道能不能养活呢！""咯咯，真好看！"我高兴极了，摇着哥哥的手。

我平常是没有什么朋友的，我的性格可以说是孤僻的，平时哥哥何峰更像是自己的好朋友一样。

我的家里共有六口人，老实的父亲，疯疯癫癫的母亲，脾气暴躁的爷爷，还有一个瞎眼的奶奶和一个残疾的哥哥。没有办法，事实就是如此，造化捉弄人啊。这个家最不容易最操心的就是父亲了。

好像从记事起，我就知道自己的母亲是个疯子。小伙伴整天撺在我屁股后面喊："疯子娘的女儿，疯子娘的女儿……"

可是疯子娘分明是懂牵挂的，是爱孩子的。记得那是一个夏天的午后，天空忽然又打雷又下雨的。这时候正在课堂上听课的同学们，眼睛忽然齐刷刷地投向窗外。我转头望去，一眼看到自己的疯子娘正趴在教室的窗棂上，傻傻地笑着，蓬乱的头发打着无数死结。一时间，自卑、羞愧和耻辱，好多复杂的感觉，一下子攻袭到我的身体里。我深深地埋下头，希望疯子娘赶快从眼前消失，越快越好。

"薇儿，我给你送胶鞋来了，路上都是泥巴啊……"

原来，娘是送胶鞋来了，我心里像被针扎住了似的疼。不知道哪儿飞来的勇气，我竟然忽略了同学们的窃窃私语，径直跑出了教室。"妈，下这么大的雨，你怎么来了？"我眼睛潮潮的。我没有想到疯子娘竟然知道担心自己。疯子娘傻傻地笑着，把鞋子递到我的手中，径直撒腿跑开了。风雨，雷电，还在肆意地持续着，包围着整个枯黄色的村庄。那一刻，我不再从心眼里觉得疯子娘是自己的耻辱。任由那些伙伴们和同学们在身后嘲笑去吧！自己确确实实有个疯子娘。

我的父亲是个老实巴交的农民。我和哥哥何峰一出生，就是靠着父亲嚼馒头喂大的。所以那种对父亲特殊的依恋，让我们兄妹俩饱尝着小小的幸福。

江南的五月，麦子的金黄覆盖着大地。院子里被雨水侵蚀的木头，因为经年的日晒风吹而皲裂剥落，一小块一小块的木屑，斜躺在沟壑中。黄昏的浅红映照在我的作业本上，多像反复出现在梦中的希望呀。

再过些日子，我就要升初中了。我的学习成绩一直不怎么好，却只是非常喜欢看小说。小学还没有上完,我就已经读过了哥哥借来的四大名著。上课的时候爱写些乱七八糟的所谓的心情文字。我被班级里的同学轻蔑地称作迂腐的孔乙己、讨厌鬼、无可救药。自卑不知道从何时起,深植进了骨髓。是的,我有什么可以骄傲或者是自信的呢?长相平平,成绩又差,还整天被一群顽皮的孩子追到身后,大喊着"疯子的女儿","疯子的女儿"!是的,就连我自己,现在都很讨厌自己,简直是一无是处。

可是又能怎么样呢?我是忧伤的,准确地说,我是悲观的。我开始反复问自己,人为什么要活在人群中,却又是如此的孤独?也许人本来就知道自己是必死的动物,所以才会忧郁,才会有活着的痛苦吧。

眼看就要收麦子了,小乡村里一直流传着赶麦会的习俗(就是在收麦子来临之际,农民都在集市上,买自己需用的东西。当然卖的最多的就是镰刀和草帽了)。

五月初二那天,正赶上星期天。父亲对我说:"薇儿,咱们今天带着你娘一起去赶麦会吧。你奶奶眼睛不好使,让峰儿在家看着算了。"我雀跃着:"好啊,好啊,我们要去赶会啰!"

父亲那双粗糙的大手,裸露着皲裂的黑色小纹路。他小心翼翼地从怀里的口袋,掏出几张皱巴巴的票子,若有所思地说:"家里就这么多钱了,你和峰儿下学期的学费,还指望这一季的收成啊!爹给你们一人买把镰刀,帮家里干点活。"我特别高兴,因为平常赶集都是屈指可数的。我开始翻箱倒柜,找了件像样的衣服给疯子娘换上。要在平常,疯子娘是不愿意换衣服的,这次还是很意外的。

只是说什么也不肯让我给她梳理凌乱的头发。哥哥站在旁边，很着急："妈妈的头发都已经打结了，梳也疏不好，还是剪掉吧！"疯子娘挣扎得像个孩子一样。最终，在我们三人的坚持下，疯子娘被牢牢地固定在板凳上，剪掉了脏兮兮的蓬乱头发。

疯子娘依旧是傻笑着。屋脊上的燕子窝里，四只雏燕伸着小脑袋，唧唧地叫着，像极了张着小嘴寻觅母乳醇香的婴儿。

2 疯子娘走失

　　熙熙攘攘的集市上，我一直紧攥着疯子娘粗糙的大手。我低着头，躲闪着那些和父亲打着招呼的熟人。我从小就是这样的，羞涩，文静，不爱说话。

　　父亲在一座香雾缭绕的庙宇前停下来。我看到好多的男人女人们，都虔诚地跪在一尊神像的面前，嘴里念念有词。还有人将一些黄色的草纸点燃，用手中的棍棒挑起顺风的火焰。那些灰色的片屑，时不时地蹭过我稚嫩的脸颊。很早的时候我就知道，老实的父亲是信奉神灵的。因为每每遇上我和哥哥生病了，父亲总是这样跪在地上求神灵保佑平安。

　　"薇儿，带你妈过来，也一起求个平安吧。"父亲在叫我了。我笑笑，冲父亲点了点头。我也信神么？或许是吧。总之，我是很爱父亲的。我知道，父亲作为这个家里的顶梁柱，有多么的不容易。我和父亲整齐地跪在神像面前，疯子娘在一旁傻笑着。我学着父亲的样子，双手合十。只是一时之间不知该祈愿点什么，才最匹配此时有些莫名紧张的心情。

　　"薇儿，起来吧。"父亲的声音让我心里平静下来。我起身，羞涩地搓着双手，我还在为刚才跪在那里，而感到不好意思呢。

父亲忽然很急切地叫着："薇儿，你妈呢？"

我环顾左右，没有看到自己的疯子娘。顿时，我脸色苍白。

"妈！妈！妈！……"我拼命地嘶喊着。恐惧，担心，心疼，一系列的复杂感觉冲上心头，我忍不住泪如泉涌。我不能失去这唯一的疯子娘啊！

集市上的喧嚣还在汹涌，我的喊声淹没在人群中。父亲更是像疯了似的碰到谁就拉住问："看见何庄的疯子没有？"人们都是摇头。因为集市上，都是附近村镇的人，人们对疯子娘还是有印象的。

天已经擦黑了，集市上的人们慢慢地散场了。父亲呆滞的目光和缓慢的步伐，让我心酸。疯子娘就这样走丢了，就在自己的身边走丢了，我的自责并不比父亲少一点。

栅子门还没有完全推开，哥哥就探出半个脑袋："爸，你们怎么才回来啊？"我和父亲软绵绵地坐在院子里的一截粗木上，一言不发。

"妈呢？"哥哥的声音，有点发颤。我一下子哭出声来："妈，妈走丢了，走丢了，呜呜……"，"要你干啥啊，妈丢了，你也不用活了。"哥哥上来就打了我一个响亮的耳光。记忆中，长这么大这还是哥哥第一次打我。我感到脸上一阵火辣辣地疼。父亲在一旁大吼："峰儿，你想干什么啊，还嫌这个家事不够多吗……"

那一刻，院子里的阳光死一般地寂静。

我一点也不恨哥哥打了我，我痛恨自己，泪水不断地涌出来。除了哭，我真的不知道自己还能够做些什么了。

阳光落下去又升起来，日子还在继续着。

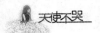

麦子已经熟透了，金黄耀眼。我没有一天不在想念自己的疯子娘。一想起疯子娘在外面流浪或者被人欺凌，我的心就像被无数只蚂蚁在啃噬，痛得流泪。烈日炎炎下，我和哥哥在麦田里挥汗如雨地割着麦子。一排排麦子整齐地倒在土地上，在镰刀把柄笨拙地来回拉动下，我和哥哥的小手都磨出了透明的水泡，然后是水泡的溃烂、疼痛；再然后，就逐渐没有了感觉。

父亲在疯子娘走失后，大病了一场。但他还是坚持拖着虚弱的身子，弓着腰身劳作着。那镰刀上的悲伤，随时可能砸伤一粒麦子的肋骨。是的，我的父亲是爱着疯子娘的，如若不然，他怎么会心痛地病了；他怎么连睡梦中都在喊着疯子娘的小名呢？

我小时候听奶奶讲过，疯子娘刚刚嫁过来的时候，精神是很正常的，且长相非常漂亮。父亲和她结婚以后，两人相濡以沫，男耕女织，日子过得虽然清苦却也很是幸福。一年后，我的母亲生下了一个胖乎乎的女孩，父亲欣喜若狂，给女儿取名菊花。菊花生得聪明可爱，五岁时就能给父母往田地里送饭，帮忙照看弟弟和妹妹。那年夏天，大人都忙着去地里干活去了，菊花带着弟弟妹妹在家里玩。妹妹哭着喊饿，菊花大人似的拍着妹妹："不哭，不哭，姐姐给你找吃的……"

结果，在老屋后面的一条小河里，菊花溺水身亡了。当人们发现她的时候，她幼小的尸体已经浮出了水面。菊花被打捞上来的时候，手里还紧握着一小块红薯。

我的母亲听到菊花溺水身亡的消息后，几次都哭得昏了过去。后来慢慢地就神志不清了，傻笑，吃泥巴，不知道穿衣服……

那个被菊花以死呵护着的妹妹，就是我。

疯子娘走失的这么多天里，我的父亲每一天都在牵挂着她，担心着她。

麦忙结束的时候，父亲又开始四处寻找疯子娘，却依然没有她的消息。不知道从什么时候，慈爱的父亲开始变得爱发脾气了，也开始嗜酒了。也许他找不到别的理由去做一个好人了吧。他不是一个好父亲了，浑身上下跟长了刺儿一样，神经质地陷入了伤害和被伤害里，结果失去了阳光，失去了从前的宁静。

可是为什么会是这样的呢？父亲分明是清楚的。他似乎在逼迫自己，玩弄自己于股掌之间，看自己窘迫、狼狈的样子，好像要看看会有什么样的结果。其实，父亲心里从来都没有好受过，从来没有。他心里应该憋着一件事，那就是想要好好地痛哭一场。

是的，我的父亲是该好好地哭一场了。可真的想要找个地方，要哭一场时，他才发现自己根本就没有泪水可流了。我不知道该怎样和父亲进行沟通。父亲变了，从前的父亲不存在了。我和哥哥每次说话和做事，都很小心翼翼，总怕惹得父亲又大发雷霆。尽管如此，有一次，醉酒后的父亲还是拿起了鞭子，狠狠地抽了我和哥哥一顿。那种痛，多年以后已经被时间模糊了。可是我永远不会忘记，父亲的鞭子落下来的时候，哥哥像只母鸡一样张着双臂，试图保护我的场面。那时，我每晚都会这样想：自己最亲的人，究竟都在做着怎样的逃避呢？疯子娘走丢了，父亲变得暴力；唯一的哥哥，你会是我永远不变的依靠么？

虽然父亲打了我，但是我一点都不恨他。父亲的心里有多苦，我无法体会得出，但绝对能感觉得到。

自从上了初中以后，我就迷恋上了写日记，倾诉自己的心事，把所有的喜怒哀乐都交给它。我在日记中写下深深的自责，写下迷惘，写下泪水……显然，我的心里是忧伤的，疼痛的。我知道自己还小，没有吃过什么苦；没有遭过什么难；没有挨过饿；没有受过罪，应该一心只读书的。大人们都说，这妮子，怎么整天就知道胡思乱想呢？他们都在轻视我。认为我不可理喻，笨，臭丫头片子，是个讨厌鬼。

我成了众多亲人眼中的敌人。尤其是我的两个姑姑。有一次，我中午放学后，脚还没有踏进门，就听到两个姑姑高一声低一声地在数落着我："……一个女孩家，让她上什么学啊，净是白花钱……俺庄的二柱他闺女，才比薇儿大一岁，就出去打工挣钱了。再说了，将来考上学，还不是人家的人啊，有什么用啊，过两年找个好人嫁掉算了……"我这已经不是第一次听到亲人们这样说我了。

我心里知道，家里境况不好。穷，没有钱。

哥哥在幼年的时候，因患小儿麻痹症而落下了残疾。上学都是挂着拐杖的。那条萎缩的腿，总是在哥哥的拐杖点地的时候，而以悬空的姿势摇摆着。为了给哥哥治病家里也花了不少钱。还有我的疯子娘，不是今天把家中的粮食倒在河里了，就是明天把家里为数不多衣被，放火点燃了。到现在我和哥哥穿的衣服，还都是表哥表姐穿过的旧衣服。哎，可是连这样窘迫的日子，老天都给没收了。疯子娘也活生生地在我们眼前消失了。

院落中的玉兰花，正在以短暂美丽的姿势凋零着。玉兰的血融入花的骨髓，不是毁灭而是重生吧？失望和希望反复重叠的夜晚，我泪干了又哭。造物主，造物主，你究竟长得什么样子？谁知道呢，知道了又能如何？也许，它只是一副冷漠的样子罢了。

3　心跳的月亮

　　我的家就住在村子的正中央，隔着一条街，能看见清澈的河水。经常有三三两两的女人们，弓腰在河边搓洗衣服，大声地说笑着一些不着边际的家长里短。那些浮在水面上的鸭子和白鹅，会时不时地传来几声"嘎嘎嘎……"的零碎叫声。

　　小巷中都是高大茂密的长满了碎叶子的老树。也许鸟儿是很灵性的吧，为了躲避那些调皮的坏孩子用弹弓袭击它们，老树上的鸟巢总是筑在高高的枝丫上。平日里，各家门前的大树上，都会拴着自家的黄牛。暑天来了，农忙也过去了，那些拴在老树上的黄牛总会慵懒地卧在地上，用长长的尾巴驱赶着叮在身上吸血的蚊蝇。

　　小时候，我最喜欢玩的游戏就是蹲在黄牛的身旁，盯好一个正在吸血的蚊蝇，用小手快速地拍下去，然后整个手心都是蚊蝇的鲜血。每逢这个时候，我都会很兴奋地喊哥哥过来。在一边玩弄小石子的哥哥，会马上起身拄着他的拐棍，萎缩的左腿以悬空的姿势摇摆着，然后高兴地加入猎杀蚊蝇的游戏。那种快乐的记忆，我想起来就会心里暖暖的。

　　天气闷热得快要窒息了，火辣辣的太阳炙烤着大地，整个天空连点风丝都没有。人们手中的蒲扇都在不停地摇动，还是有些凉意的。这时候，我又想起了走失的疯子娘。记忆中的暑天，疯子娘总是在院子里铺一张芦苇席，用胳膊努力撑着身子给我轻扇着蒲扇。热，就会越来越轻，直到我沉沉地睡去。每每醒来，我还会看见疯子娘握着扇子的手，斜放在我身上以及那蓬乱打结的头发，像深秋干枯的草秧散落在我眼前。

时常会有邻居以讥讽的口吻问我："薇儿，你娘整天脏兮兮的你也跟她睡啊？能睡得着啊？哈哈哈……"这时候我的心里像猫咬了般难受，我什么也不说，总是匆匆低着头走开。人们啊，为什么把俺的疯子娘当成笑柄或者精神攻击的对象呢？妈妈有错吗？妈妈自己也不想是个疯子啊！晚上枕着疯子娘的胳膊，我想起白天人家问自己的话，不由得将身子紧紧地贴着疯子娘，比平常离疯子娘更近了。

"妈妈啊！妈妈，您在哪里呢？您还好吗？您此时热不热啊，我的妈妈！"心里这样想着，我的泪水禁不住又涌出来。

天气热得难受。吃过晚饭，我的父亲就带着哥哥，拿着蒲席去前面的河边睡了（因为有水的缘故，河边会比家里凉快一些的）。爷爷奶奶因为年迈体衰，早早地在屋里睡下了。

父亲和哥哥走的时候，把栅子门锁上，对我说："薇儿，你等会儿做完作业，就睡吧，别熬太晚了。"

"嗯。"我写着作业没有抬头。

因为刚刚升上初中一年级，所以作业一下子就多了。看业余课外书的时间也少了。堂屋老钟表的时针此时指向九点整。我打了个长长的呵欠，头疼的代数作业，总算是做完了。

我站在院子里仰头望着夜空。今晚的月色真好，繁星熠熠，照得整个人间犹如白昼般光亮。偶尔，有流星划过，好想让人抓住那瞬间的凄美。这样平平淡淡的场景，多年后仍然滞留在我的脑海里，挥之不去。夜景如诗，也许应该就是那样的意境吧。我总是毫无理由地觉得，我们江南村落里的月光和星光是最美丽最迷人的。那撒着金光或者橙黄的月光、星子。在多年后我所在的城市里，的确再也没有出现过。

我熄灭了灯火，躺在床上，天气热得连个床单都盖不住。我拿起蒲扇，轻扇着。自己是怎么了啊，我的眼前今晚反复浮现着一个熟悉而纯真的笑脸。那张笑脸，让我的心感到莫名的悸动。

他，哦，就是他。这是不是喜欢？如果这也算是喜欢的话，那它是在两个毫不知情的孩子中间产生的，似乎没有前因，也谈不上什么后果。许多年以后，我也许还会感叹，人的一生这么短，经不起什么长相厮守的诺言。所有的不肯拿出来示人的珍藏，在那一个时段出现，仅仅是一个念想，也就够了。这些话细腻而慌乱，本来我以为像我这样的人一辈子都说不出来，可是现在我好想把这些从心底翻出来，好想。我不懂什么是柔肠百结，却想哭，想握住那一丝的温暖。

何世泽的家就住在我家后面，中间只隔了那条沧桑的小河。由于家庭特殊的条件使我在小伙伴中显得很孤独。其他小伙伴经常高唱着顺口溜，嘲笑我是疯子娘的女儿。只有他愿意和我一起玩，愿意和我一起分担我的忧伤。他的名字叫何世泽，是的，何世泽！这是一个一生也无法在我心中消融的名字。这个不成样子的初恋，时隔多年后，我才懂得，心中所谓的爱情的确在那个时候发生了。而当时我并不知道在我们之间到底发生了什么，而的确什么也没有发生。他就像前世潜伏在我肋骨上的一截钢针，总会让我感觉心底时常会隐隐作痛。也许，他又何尝不是如此呢？这就是两个孩子真实的心灵。纯真得像水，永远那么的干净。

何世泽比我大一岁，我们一直是同班同学。小学一年级的时候，班里的几个坏孩子，经常追到我的后面，喊着："薇儿的疯娘，是傻子，傻子笑了，嗤嗤嗤……"我总是气得"哇哇"大哭，然后和他们扭打在一起。何世泽总是像个大男人似的冲到他们中间，把那些坏孩子打跑，然后给我擦着眼泪说："薇儿，以后谁欺负你，我就替你打他，我要好好保护你！"这句话，足以让我现在想起来再大哭一场；这句话，我一直记了很多年，到现在还记得。也许我永远都不会忘记了，就像在夜色中最早出现在西方的那颗星星一样，永远在那里，守候着，永远……

不知不觉地长大了，那颗星星依然悬挂在黄昏的夜空中，而我却改变了。在人群中我学会了隐藏自己，笑着流泪或者流着泪微笑。何世泽黝黑的皮肤，纯净的眼眸，在我的记忆中，是那样的完美无瑕。可那时候，我并不懂得他已经是无可替代了，所以一切都是真善美的。是的，仅仅因为是他，因为喜欢或者是爱。

多年后，为了记住，那样一去不复返的岁月，为了怀念那双纯情极致的眼神，我常常那么专注地回忆着，常常泪流满面。（读者朋友们，您也许会发现在这本书中，用过最多的文字，就是多年后。

是的，是多年后）

相遇，在何时何地才算是最恰当呢？谁又能够知道呢。知道了，还会有"只是当时已惘然"的愁肠百结么？怎样的相遇才是完美的？上苍为什么要让我们在孩子的时候就相遇了呢？

何世泽的父亲是村支书，所以他的家境在村里算是不错的。每每家里有什么好吃的，何世泽总会自己不舍得吃，而是偷偷地留下来给我。

我记忆最深刻的就是，何世泽每次向我扮着鬼脸，两只小手背到身后的样子了。"薇儿，猜我给你带什么好吃的来了？"我总是安静地笑笑，然后看见何世泽像变戏法似的从背后拿出好吃的东西来（通常是花生、瓜子或者两三个饺子）。这时候，我的眼里总会充满幸福的光泽，像极了江南夜空的星子。何世泽黄色的小军装和无邪的笑脸，还有自己枯黄的冲天小辫，一同烙在了我的心底，不曾改变。

所谓的久远的童年和纯净的关怀，依然还在耳边喧闹、绽放，依然历历在目。

4 天使在流泪

想着童年那些难忘的往事，我就迷迷糊糊地睡着了。夜，静悄悄的，只有偶尔的虫鸣调侃着这样的寂寥。

睡梦中，我感觉好像有什么东西，轻柔地在自己的腹部上面游移着。我以为是在做梦，翻了个身又睡着了。过了一会，那种感觉又侵袭过来，而且伴着粗重的喘息声。我惊醒了，这分明不是在做梦。这是种真实的感觉。女孩的敏感和在书中积累的一些知识，让我的心瞬间开始下坠，我意识到有坏人在猥亵自己。黑暗，死寂一般的黑暗。我不敢睁开眼睛，不仅是害怕，更是在想着如何能够在最短的时间内逃脱的办法。我感觉有只粗糙的大手，游移到我刚刚发育的乳房上。我慌乱而恐惧的心快要蹦出了胸膛。我多么渴望这时候疯子娘能在自己的身边，或者父亲和哥哥忽然间回来。可是时间容不得多想了，渴望毕竟只是渴望啊。而那粗重的喘息声和邪恶的魔爪，还在肆意地继续。

夜空仿佛缓缓下坠地矮了下来，月亮瞬间黯淡了，一地残光。

没有时间了，我不知道哪儿来的勇气，猛然睁开了眼睛。借着月光，我模糊地看到一张熟悉而狰狞的脸，紧贴着自己的脸颊。这个禽兽不是别人，竟然是自己的邻居老鹅。

我假装揉揉眼睛，然后翻了个身。一个黑影迅速从我眼角的余光里，风一样地掠过。那个幽灵一样的魔鬼逃跑了。

漆黑中我摸索到枕边的一盒火柴，颤抖着点亮了煤油灯。刚刚的事情简直就像是电影中的情节，可又确确实实发生了。我害怕极了，双手紧紧地抱住肩膀，目光呆呆地投向窗外，一抹空洞的凉。像是做梦，又像是真的。可窗外公鸡啼鸣的声音，提醒着我这不是在做梦。耻辱，无尽的耻辱瞬间牢牢地将我缠绕，无法呼吸。

我想到了死亡，有生以来，第一次如此渴望着死亡的来临。死了，也许就没有活着的痛苦了，就会进入美好的天堂了。是的，我是脆弱的，我根本就是脆弱的啊。我找不到活下去的理由了，对于我来说，活着是很疼痛的。

丑陋的人性，卑劣的人性，我恨透了。

我迅速地起身，走到院子里。抬头望着夜空无声地流着泪水。红色的黎明，冰凉的心灵。除了绝望，我还剩下什么呢？我似乎又看见了疯子娘，看见了父亲和哥哥；还有何世泽纯净的眸子；还看得见生与死之间的距离。倘若人生只是无尽的伤害、折磨、虚伪；那么，活着又是为了什么呢？这一切都是不符合自己年纪，为什么都要让一个弱孩子来承受呢？这样的暑天，在此刻有着彻骨的凉意。

我在院子里一颗不高的柿子树上，用绳子系上了死结，将头伸进绳套内，然后用力地踢倒脚下的小板凳。哦，原来死亡，可以如此的简单；如此的无所畏惧，就像我闭上眼睛的一刹那。

"薇儿，薇儿，我的傻孩子，你醒醒啊，你怎么了啊……"天

堂里怎么会有父亲的呼唤啊，天堂里怎么会有带着父亲烟草味道的怀抱呢？

　　我缓缓地睁开眼睛，看到的是父亲满脸纵横的老泪，苍白的嘴唇抖动着。我知道自己没有死，自己分明是躺在父亲宽阔的怀里。我想说些什么，却什么也说不出口。我像一只可怜的鸟儿，紧紧地蜷缩在父亲的怀里，失声痛哭。

　　"薇儿，你这究竟是怎么了？……要不是我忽然发烧和咱爸及时赶回来，你就没有命了啊！"哥哥抓住我的手，心疼地说。

　　良久，良久，我噙着眼泪说："是老鹅，是他来咱家了……我好害怕，我好害怕啊……"我的父亲和一旁的哥哥，一下子都惊呆了。这是他们做梦也没有想到的事情。老鹅是我们家的老邻居，一个五十多岁的老光棍，出了名的老实人。整天除了爱坐在村里人多的地方，听人家讲着天南地北的故事外，并没有什么恶习。

　　"他娘的！不是人的老鹅，老子今天拿刀劈了他！"我的父亲，一张被愤怒扭曲了的脸，看起来异常吓人。

　　"对，砍了他，狗娘养的！"哥哥的眼睛充满了血丝，那条萎缩的腿仍旧以悬空的姿势摇摆着。他的拐杖颤抖着随时可能砸死一个人。

　　"不能啊，你们不能这样做，会跟着丧命的，他并没有把我怎么样！只是我有些害怕，才不想活了的……"我死死地拖住父亲的双腿。而此时近乎疯狂的父亲，使劲地挣脱了我的阻拦。我呆滞的眼神，绝望地停留在院子里那株玉兰树上。

　　"爸，哥，你们都去杀人吧，都去杀人吧。"说完，我将头狠狠地向玉兰树上撞去。

"薇儿，你要干什么？爸这是心里难受啊，爸就是想去教训那个畜生。"父亲迅速地拉住我，重重地坐在了地上，双手捶打着自己的头。他深深痛恨自己，因为自己的疏忽让女儿的心灵受到了前所未有的伤害。在一旁的哥哥也是用拐杖狠砸着地面。

晚上，我们一家人围着那盏昏黄的煤油灯，谁也不说话。整天吵吵闹闹的爷爷奶奶今天也不出声了。除了父亲一口接一口地抽着烟，余下的都一动不动像一尊尊泥塑。我紧闭着嘴巴，忍受着心脏一阵紧似一阵地狂跳，心里好像被压了一块石头，我在努力挣扎我要努力挣脱！父亲好歹也是读念过初中的人，考虑问题应该是有条理的。我插在口袋的双手在不停地颤抖着。

经过剧烈的思想斗争，父亲最后决定把老鹅绳之以法。其实，我的父亲迟迟下不了决心，主要是因为担心以后我的名声，害怕日子过着会更艰难。而我也知道这种担心并不是多余的，可是想想自己有可能这辈子就要在这种阴影下度日，就很坚决地赞同了向公安局告发老鹅。我是相信父亲的，永远尊重父亲的。

第二天，警车呼啸而过，整个村子里沸腾了，紧接着外村的人也陆续赶来了。人们奔跑着，相互议论着，涌向我们家的小巷子。在农村，通常只要是谁家发生个什么事，就会比电台新闻播报者传递的都要快速。按常理，在农村出现这样的事情，一般都会选择私了或者自认倒霉的。而我的父亲能够做出这样的决定，绝不是谁都有的勇气。

刑警分成几组将老鹅家的院子迅速包围了。留下来两名刑警在对群众做着调查笔录，人们争先恐后的讲述着。有人说，昨晚好像是听到有什么动静，还有人说，老鹅可是个老好人呢，一辈子没有犯过错，嘿，这年头，画皮画虎难画骨啊……"

不大工夫，几名威武的刑警押着老鹅走了出来。老鹅带着耀眼的手铐，低着脑袋，在人山人海的目光里，跟跟跄跄地钻进了警车。看来老鹅并没有出逃，也许是因为他想着我的家人会因为顾忌自家的面子，不会把他怎么样；也许是他根本就没有想着要逃，根本在等待着这一天的来临。

人群中一片哗然，惊讶、叹息、嘲讽、冷漠……都在这个村庄里，漂浮着，滚动着。这里好像已经变得破烂不堪，变得陌生异常。所有的人一夜之间变得更加面目狰狞，互相伤害、互相诋毁、互相嘲讽。

而我以前竟然没有感觉出来，原来我长大的地方竟然如此丑恶不堪。

5　冷眼如血

那个噩梦般的事件，虽然已经过去一个多月了，我还是夜夜都会在睡梦中惊醒。醒来后，泪水还挂在脸颊上。那一幕像刻在了脑海中的荆棘，一时无法拔出。

开学了，学生们纷纷找着自己的同桌。平常玩得好一些的同学，自然就成了同桌。学生们两两一组，往学校抬着自家的桌子、板凳，然后就是抢座位了。以前班主任都是按学生的身高来排座位的，显然很是公平的。可是这次却没人管了，同学乱哄哄地一会都抢好了自己的座位。

我家里没有那种所谓的课桌，只有那种长长的高板凳。这些都不是问题，关键是根本就没有人愿意和我同桌。我感觉自己像是被世界遗弃的人，孤零零地站在教室的一角，看着同学们快乐地说笑着，规整着桌子和板凳。

那样孤独和苍凉的一幕，多年以后让我想起来都觉得害怕。

上课铃打响了，班主任老师走进了教室。

"起立！"

"老师好！"

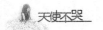

　　"同学们好！"同学们都扯着嗓子和老师问候着，打从我开始上小学的时候，就是这样的。

　　"何薇，你怎么还站着？"班主任老师发现我站在最后面的角落。同学们齐刷刷地回过头盯着我。

　　"我，我还没有座位……"我小声地嗫嚅着。我骨子里很自卑，害怕说话，到现在更是如此。

　　"哦，那看看还有谁没有座位啊，凑合凑合吧。"班主任老师习惯性地咽了一口吐沫。我低垂的头，微微点了点。因为自卑，我说话的时候似乎很少看着别人的眼睛，这点直到后来上了大学才逐渐改变。

　　"老师，还有我，让我和何薇同桌吧！"挨着窗户坐的一个女孩举着手说。

　　她，我是认识的，她叫杨柳。她家和我家只隔着两条巷子。在何庄住的人几乎都是姓何的人，除了杨柳家。在我不愿回首的童年记忆中，杨柳是没有讥讽嘲笑过我的。那些整天大喊着我"疯子闺女"的小伙伴们，或许是到现在还是没有改变；或许是我的心底有了抹不去的阴影；或许，两者都有吧。

　　我很感激地看着杨柳，杨柳说："何薇，过来坐吧，我板凳和桌子都有的。"我感到一种渴望已久的温暖，此刻那么真实地流淌着自己的心上。我挨着杨柳坐了下来，下意识地咬了咬嘴唇说："谢谢你！杨柳。"杨柳摇头笑了笑，那样子好美。

　　是的，我一直有爱咬嘴唇的毛病，也不记得从什么时候开始的。总之，只要是害羞的时候，或者心里紧张的时候；就连在课堂上回答问题的时候，我都是会不自觉地咬着自己的嘴唇。不能说是好毛病或者坏毛病。也许，那只是青春期的一个阶段吧。

班级里的一些女同学都在窃窃私语，整个班级乱作一团（自从上了初中，男同学相对的好些）。

"怎么和她坐在一起？嘻嘻……哎……听说老鹅被公安局抓走就是因为她……嘻嘻……"同学们低声的议论还是被我听到了一些。我的心瞬间下沉，脸颊烫得像发高烧，恨不得找个地缝钻进去。我俯在课桌上，禁不住眼圈红了。

"何薇，你别难过了，不要听那些人瞎说，好么？"杨柳轻柔的声音。我很感激地看了她一眼，瞬间又将头深深地埋在臂弯里。那些女生的议论声还在持续着。

"安静，安静！今天我们要讲的是……"班主任老师气急败坏地叫着。其实这不奇怪，通常无论是什么原因引起的课堂上的喧嚣，老师们总是很无奈的。只要是那些不听话的同学喧哗起来，老师的声音总是覆盖在最下面。那时农村基层教育落后的程度，可见一般，一个镇子上几年走出来的大学生也是寥寥无几。

就这样，在同学们无数刀子般的眼神中，在熟悉的人鄙夷的目光中，我历经着怎样艰难的日子啊，煎熬如血。泪水，常常在每一个黑夜打湿伤口，江南的村落里依然是月光倾城。那时候，虽然我还不懂得什么叫心碎，而我的心却再也无法还原最初的样子。

我的性格越来越孤僻了，我不想去上学了，甚至不愿意与任何人交往。

我想把自己终日封锁在自家的小院子里，那样才会觉得安全，才会没有冷嘲热讽……那样的想法，我忐忑地告诉过父亲。回应我的竟是父亲的一顿暴跳如雷："整天就会哭哭哭，哭有什么用？你说不上学就不上学吗，你不争气好好读书，以后的出路在哪里？你以为你爸整天很好受吗？"从那以后我再也没有和父亲说过什么心里话，在我眼里父亲是那么不理解自己。如果父亲能好好听听我委屈的倾诉，或许我会好过一些。毕竟我只有十三岁，却要承受如此艰难的心路历程。可是，父亲身上的重担与内心的凄苦，十多岁的我又怎能真正去理解呢？

我真的感觉自己太孤单了。

我好像世间飘零的一粒尘埃，落在哪里都是迷惘的、无助的。

快期末考试了。杨柳会经常抽出些时间，给我补习功课。前面提到过，我的文科成绩在班级里一直是名列前茅，而理科是很差的。而杨柳的理科很棒。她总是很耐心地给我讲解着，直到个别同学吃过饭，又来到学校的时候。对此，我非常感动。如果说杨柳像我的一颗萤火之光，一点都不为过。

可是好景不长。

一天下午放学的路上，我正拿着书包低头向前走着（因为自卑，我走在路上从来都是低着头的），却被一个声音叫住了："何薇，以后你不要再和我们家杨柳玩了，你家是穷鬼，杨柳以后可是要做大事情的人呢！"我抬头一看，说话的人竟然是杨柳的母亲。瞬间，我满脸通红。我轻轻地点点头，迅速向家里跑去。

我不知道自己是怎样从那个女人刻薄的眼中逃遁而去的。羞辱、白眼、冷漠，那些可恶的、该死的东西，都在无休止地向我蔓延。

我趴在床上将手放在心口的位置，却始终没有哭出声。直到哥哥何峰轻轻地一句："薇儿，又怎么了，给哥说说！"我终于忍不住，泪落如雨。

我好久没有和哥哥这样静静地坐着说心事了。不是不想，是因为我感觉自己太对不起哥哥了。家里没有钱，为了供养我上学，哥哥说什么也不读书了。其实哥哥的成绩在班里是很好的，几次在我们关庙镇上抽考，哥哥都被选去了。可是为了让我读书，哥哥忍痛办了休学手续。哥哥对我的良苦用心，我又何尝不知呢？所以我怎么忍心再让哥哥为我操心呢，哥哥是个残疾人，内心的迷茫和困惑，又有谁能体会呢？

"薇儿，哥知道你心里苦，你一定要坚强啊，要学会忍耐。不要在乎别人的冷言冷语。好好上学，只要你考上大学，哥心里就好受些了。"哥哥听完我的哭诉，语重心长地对我说。

时光荏苒，过得真快啊，哥哥都长成大小伙子了。

"哥，我听你的话，我一定会坚强的，我不会辜负你的期望。"我说这话的时候，眼神是那样的坚定，肯定像一轮新出生的满月。

那几天，我无奈、愤怒地认为：这个世界就是专为我而设置的。是的，我在想着这个社会中的人都是因我而生，但却是为了对付我、伤害我、讥笑我、欺骗我。只有村子后边的芦苇坡、村子前那条日夜不息的小河、记忆中何世泽的眼睛、门前的老牛、哥哥的拐杖……无声地与我交流，安慰着我内心的孤独。

也许，明天一切都会好起来的，是吧？明天有着崭新的太阳和露珠，同样也有着我不灭的希望。

6 永远的永远

自从杨柳的母亲对我说出了那样一番话之后，我真地体会到了人性有时候是多么的无情。

其实在我心里，早已把杨柳定位为最好的朋友了。我非常珍惜这来之不易的友谊。那天，上课铃响起的时候，杨柳才迟迟来到教室。我想起杨柳母亲对自己说过的那些话，心里很乱，不知该不该向她提起这件事。而平常喜欢叽叽喳喳说话的杨柳，今天却满脸的忧郁，一言不发。下课了，杨柳将头俯在课桌上，眼睛红红的。

"杨柳，你怎么了？"我终于忍不住了，很小心地问。

"薇儿，我们可能以后在一起的机会少了。我不上学了，我要和表姐一块去南方鞋厂打工了……"杨柳的眼泪一下子夺眶而出。

"为什么啊，你成绩这么好，不上学多可惜啊，能不能不去打工啊！"

"我妈要我去的，说家里困难，我过几天就要走了……在心里，你会是我永远的好朋友！"我和杨柳的手紧紧地攥在一起，泪眼婆娑。一切尽在不言中。

关于杨柳母亲那番刻薄的话，我一直深埋在心底，或者杨柳也是吧。总之，那件事我俩谁都没有提起过。

杨柳辍学打工去了，我感觉生活一下子像空洞了许多似的。多年以后，每每想起那个善良的姑娘，我总会为她默默地祈祷、祝福。那种真实的感动缔结在胸口，与我终生为伴。是啊，在那样艰难的日子里，在那样孤独的岁月里；有什么能比一个人从心底给予的温暖，更值得珍藏呢？

过去的岁月已经失血过多，倒毙在记忆的路口。

回忆、怜悯和冷酷，让我一次又一次讨厌自己。行走在成长的利刃上，一寸又一寸的童真被剥落，结痂，痊愈，变形。未来，未来更加的漫长，不容把握，不容把握……

我的家其实离学校不远，步行大约需要十五分钟。只要是一吃过饭，我就会迅速地刷完锅碗，然后背上书包就去学校了。我最害怕的就是迟到，如果同学们都已经到座位上了，那么我走在教室的前面，就会不自觉地感到紧张，好像同学们的眼睛都在齐刷刷地盯着我，鄙视我。因为我是大家屡次攻击的对象。所以我总是刻意地把自己隐藏在某个角落，默默地过着属于自己的一天。为了避免匆匆低头从大家的面前仓皇而过，我总是尽量提前一点来到学校。

在十一二岁的时候，父亲就教会了我擀面条，蒸馒头。只是我一直没有父亲做的那样好。通常家里都是父亲做饭的，尽管父亲还要忙着田里的一些农活。自从我上了中学以后，因为怕影响我的学习，父亲就没有再让我做过饭了。父亲最大的心愿是我将来能考上大学，走出这片贫瘠的土地，不要再像他那样过着艰难的日子。在心中，我的确就是他的希望（哥哥身有残疾业已辍学在家）。怎么能不是呢？在父亲所历经的艰难而沧桑岁月里，我就像他黑暗中唯一的萤火之光。

杨柳辍学后，我在班里又成了孤家寡人。孩子的心灵是脆弱且敏感的。别人都有同桌，而偏偏自己形只影单，每当我走进教室的时候，头勾得更低了。

"薇儿，我来了，我们又可以坐在一起了。"一个多么熟悉的声音，在我的耳际回荡。抬起头，我看见坐在自己身边的是他，何世泽。他依然纯真地笑着，我也笑了，这来自心灵的微笑。我有多久都没有这样开心地笑过了，我不记得。

原来，在暑假的时候，何世泽跟父亲去县城的路上，被一辆四轮车撞伤了。当时我并不知情，只是忽然十几天都没有看到他了，心里空落落的。每天上学，放学，我的眼睛都会不自觉地朝何世泽家看看，慢慢好像成了习惯。不管能不能看到他，心里都会好过些。

直到有一天听到班里几个同学小声的议论："……听说没有啊，世泽被四轮车撞了，到现在还在医院里没有回来呢，说是小腿都骨折了……呀，真的假的，那不是完了……"我震惊了，心里不知怎么了，活生生地疼了一下：他怎么样了？他到底怎么样了？他是那么善良的一个男孩子，怎么会？怎么会啊？

我不敢往下想，双手紧紧捂住胸口，心好疼好疼啊。看不到何世泽的那些日子，我每晚都会默默地为他祈祷祝福。长这么大，在我的心目中，最重要的男人除了父亲和哥哥，剩下的就是他了。自从知道他被车撞了以后，我更是觉得如此。我多想去看看他啊，月华如波的晚上，我站在家门口，无数次地望着他家的青砖房屋。为什么，他的样子始终辗转在心头？是啊，那样的青砖老屋，多年以后，当我再度看到的时候，它就是古老的象形文字，岁月越久远，它就越淳朴。

"爸，世泽的腿被车撞了，好些天没有来学校了。"一个星期天的午后，我嗫嚅着对父亲说。父亲毫无表情地"哦"了一声。

"爸，我想去看看他，可以么？"我像是在努力争取着什么。"去看什么看！一个女孩子家，以后不要学得不像样子，你已经不是小孩了，以后不许和男孩一块跑着玩了。"父亲愤怒地指着我的头。我最怕见到父亲凶巴巴的样子了。我不敢再吭声了，迅速钻进被窝，不让自己发出一点声响。

我从前一直认为，自己和何世泽是永远永远无法分得开的两个孩子。我不知道永远是多远，但我知道永远是很长很长的时间，就像夜空中的月亮和星星。是的，小时候何世泽总是抓着我的小手，眨着乌黑眼睛，说着大人们口中的永远，说着他是月亮，我是星星的话。不然，我怎么到现在还记得永远的样子呢？对的，就是月亮和星星的样子，根深蒂固地种植在了我的心中。

一直盼着看到他，一直盼着。

何世泽终于来学校了，像小时候那样和自己挨着坐，一起削一支铅笔；下课的时候，他只陪我玩，傻笑着向对方吐口水……

就这样深深地注视着，谁都不说一句话。让时间静止吧，让岁月就这样老去吧。

可是，谁又能够指望永远呢？

"世泽，快让我看看你的腿。"

"没事了，都已经快好了。"

"站起来，我要看看呢！"

何世泽站起身时打着小小的趔趄。他的腿还是没有好透。不知道怎么回事，我心里一酸，泪水差点下来了："你也不好好养养伤就来上学，你快点好起来吧！"

"别，别，快别掉眼泪，我一来就惹你哭鼻子，那我走了。"

"不，我以后不哭鼻子了，只是，你再也不许在我眼前消失了。"

"嗯，放心吧，薇儿，我以后让你天天看到我。"

"咯咯咯！"我们笑着，那样的时刻，我们幸福得不成样子。只是，灰色的年代啊，为什么就不曾知晓呢？或者根本就知晓了，而知晓了又能如何呢？

7　一生一世一双人

　　自从何世泽成了我的同桌，我的笑容多了，眉宇中的忧郁一点一滴地开始舒展了。可那个时候，我并不知道自己为什么会这样，后来回首时才懂得，那种感觉就是喜欢或者爱吧。来得那么早，那么无瑕，那么自然。

　　要投票选举班长了，何世泽以全班最高票数做了班长。那是无可置疑，他的成绩一直是很优异的。而我的数学成绩慢慢也好了，这当然和何世泽的耐心辅导有着密切的关系。在我的心中，何世泽就是英雄。是的，是无所不能的英雄，没有什么可以把他难倒。那样的日子过得缓慢而快乐。生活永远就那样停留住，多好。那样，谁都不会再经历后来的遗憾和痛楚了。

　　童年窗口上留守的那一丝懵懂，我相信那是再也无人能够临摹出的幸福。他其实早就成了我的英雄，我的梦，在很小很小的时候已经是了。多年以后，我还是没有弄明白，爱情究竟应该发生在怎样的年龄段，怎样的背景下，才是适合的，无可厚非的，不可抗拒的？可出现过的，毕竟真真实实地出现过了。那还是很小很小的时候，到底有多小，确切的年龄我现在已经记不起了；总之是在很小很小

的时候。

一个男孩和一个女孩之间的相遇，也许从出生的那天开始就已注定。譬如，我和何世泽。

一生一世，只为伊人等待，疼了、痴心、无悔、无奈何。而谁又能够，删除生命里那一份最初的悸动和执著？

大概五六岁的时候吧，还没有上小学的样子。我总是穿着一件碎花的小衣裳，梳着冲天的小辫，坐在地上安静地玩着泥巴或者石子。何世泽总会隔着我们两家之间的那条小河，双手放在小嘴边，大声叫着："薇儿，我来了……"我转过头，看着他"嗤嗤"地笑。

然后何世泽风一样地小跑过来，我们一起追逐嬉戏。

一群小伙伴一块玩的时候，到最后就要打架或者分派了。他们往往一起欺负的对象就是我，大声笑着喊我"疯子娘的女儿"。然后大家一起哄笑着跑远，剩我一个人孤零零地站在那里哭鼻子。这时候，何世泽就会从老远的地方喘着气跑过来："不哭，不哭，咱不和他们玩了。"他用脏兮兮的小手，给我擦眼泪，我的小脸上被抹得像块花云彩。那群坏孩子，这时从远处跑回来，一起大喊着："何世泽的小媳妇，何世泽的小媳妇……"

何世泽像个男子汉似的把我挡在身后："你们别再欺负薇儿了，我听你们的话，和你们玩。"

那群孩子争先恐后地说："何薇是你的媳妇，你要把她抱起来。"何世泽握着小拳头，小声告诉身后的我"别怕"。我的确害怕极了，他的脊背，一定能感觉到一双小手的颤抖。

"快点，快抱啊！要不然，以后我们就专门欺负你媳妇。"那群坏孩子指手画脚地叫着。

何世泽怕他们欺负我，就范了，他用尽全身的力气抱起我，小脸涨得通红通红。对于何世泽来说，那是一次耻辱吧，或者是一次最初拥抱呢？或者，都不是。那时候没有人知道的，我们都只是一群懵懂的孩子。而在我小小的心里，我一直认真地记得，那是我永远不愿否定的，初次的拥抱，虽然我还是个孩子。多年后，我想，我已经认真了。不然就算有了男朋友后，我怎么仍会被无尽的空虚缠绕呢？

"噢……再来一次，再来一次……"那群坏孩子开始起哄了。何世泽愤怒了，小拳头猛地砸向了喊得最厉害的那个孩子（我现在已经想不起那孩子的名字了）。拼命地打着那孩子："让你再欺负薇儿，让你再欺负薇儿……"

那群孩子吓得瞬间纷纷逃跑了。地上这个被打出了鼻血的孩子连声说："我以后再也不欺负她了，再也不了……"连滚带爬地跑了。

何世泽坐在地上，一脑门的汗水："薇儿，我不要再看到你哭鼻子，我不许别人欺负你！"我被刚才的场景吓得还没有缓过神来。趴在何世泽身上一直说着"怕，怕"。

江南的小村子，到了晚上总是有着月光倾城的味道。可是那晚，月光像被细菌感染了，慢慢萎缩……

何世泽惹祸了。

白天被打孩子的母亲在门外胡乱地叫骂着。人们一堆一堆地站在小巷里，听着那女人边骂边说："……把俺家孩子打得鼻子都流血了，那龟孙子何世泽不知道家长是咋教育的，大家评评理啊……"

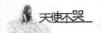

人们好像都在听笑话一样地听着。

那孩子的母亲叫骂了一阵子·后，何世泽的母亲也从家里跑出来了，不甘示弱地和那个孩子的母亲骂做一团。两个女人把街道当成了武场，撕破了脸皮，骂起来就是没完没了。刚开始，就是为彼此的孩子叫骂着辩护，接下来祖宗十八代都骂进去了，陈芝麻烂豆腐的东西从她们的嘴里喊出来，愈发臭气熏天。

我自然是睡不着觉。

我惶恐地挤在人群中间，我知道这一切都是因为我才惹出的祸端，我害怕极了，踮起脚尖四处张望着，没有找到何世泽的影子。我的心里有一种感觉在漂浮着，像是愧疚。两个疯女人骂得喉咙都已经沙哑了，却仍不肯鸣金收兵。而看热闹的人群也都迟迟不愿离去。我还是一直没有找到何世泽的影子，索性撒腿从人群中逃回家了。那么点个孩子，没有人注意到我的来或者去。

那场叫骂的战争，也许直到两个女人都累得骂不动了才结束吧。而我，并不知道。第二天，我溜到何世泽家的门口，探着小脑袋往院子里看：何世泽跪在地上，他的父亲手里拿着一只鞋子，往他屁股上打着："让你小兔崽子尽惹事，不学好……"

"别打了，别打了……"我哭着使劲拖住何世泽父亲的手。看到我哭着跑来了，何世泽偷偷地冲我扮了个鬼脸。

何世泽父亲气急败坏地扔掉了鞋子，一口一口地抽着烟："这孩子真是没法管教了，废品了！"

在还没能理解惆怅的时候，惆怅的确已经来临了。

人啊，总是不知道从什么时候已经学会想事情，也不知道从什么时候开始感觉到自己孤单。一切都来得悄无声息、自然而然，一切都来得不知不觉。好像是一瞬，回首，又好像是很久。不容把握，无法转身。

上小学了，每天清晨刚蒙蒙亮，何世泽就已经站在我的家门口，喊我起床了"薇儿，薇儿……"长长的回音萦绕在黎明的胸中，它是多么真实的存在过啊。在那布满彼此足迹的小路上，在那段沧桑的岁月里。

我们两个孩子牵着小手背着书包，一路追逐着来到学校。挨着坐下，一块张着嘴，仰面念着"鹅鹅鹅，曲项向天歌……"是的，是仰着脸念书的，甚至是挤着眼睛唱出来的，因为根本就没有看到书上的字体。仅凭老师平常朗读的，然后就开始跟着别人，扯着嗓子喊书了。

因为背不好书，老师常常罚何世泽在学校，中午不能回家吃饭。是的，那时候教师们惩罚学生的办法通常就是让学生饿肚子了。

我吃过饭，总是磨磨蹭蹭地不肯去学校，那是在等父亲不在的时候，好往书包里给何世泽装个馒头，或者是从自己口里保留下来的一个鸡蛋。只要如愿以偿，我就匆匆跑到学校将食物塞到何世泽手里。何世泽幸福地咽着嘴里的东西，依然一副调皮的模样。

想到这些，我不自觉地笑出了声。

"笑什么啊，今天上课你跑神呢！"何世泽看着我不解地问。

"想以前啊，想我们很小很小的时候。"

"呵呵，你这丫头，现在都开始怀念我们小时候了，那等到你老了的时候怎么办哦！"

"咯咯咯"我们两人傻笑着前仰后合。

"我不怕，因为老了的时候我们还会在一起啊！"我天真地眨着眼睛说。

"呵呵，就是啊！就是啊！"

……

我们开心的样子，让青春的时光都嫉妒了。

8 但愿人长久

一切的美好，总是静悄悄的……

没有开始也没有结束。岁月，你让相依的人儿，迷失在空旷的红尘，一切的悲和欣都在生长。

我与何世泽一起放学，一起做作业，一起为一道题争论得面红耳赤。这些都是多么漫长而幸福的事情啊，就这样没有尽头多好，就这样和一个人相守到老，该有多好。我喜欢写日记，喜欢写何世泽的名字，喜欢把自己的心情付诸于笔端。那样的感觉真好，可以把自己的快乐忧伤一起交给一张平静的纸张保管着。

最近，我们班级新来了一个教英语的杨老师。

杨老师刚刚从师范学校毕业。同学们都喜欢听他讲的课，他总能给同学们耳目一新的感觉，能够让我们学到从前那些老教师传授不了的新知识。全校只有他上课的时候和同学们讲普通话，这点同学们尤其赞同。同学们听他的课都很专注。而其他老师在课堂上，喊破了嗓子都没有用，下面的学生依然乱作一团，是太平常不过的事了。

毫不例外，我与何世泽也非常喜欢听杨老师的讲课。

一个阳光明媚的上午，同学们都在聚精会神地听杨老师讲着英语课。一阵欢快的唢呐声由远及近。同学们立刻明白，这是谁家办婚嫁，娶新媳妇呢！唢呐声越来越近了，好像正路过学校的大门口。这时候，已经没有人能专心听英语课了，同学们都不由得站起身，伸着脖子朝窗外看着。其实这样的情况平常也有过的。

我和何世泽也都伸着脑袋往外看着，我俩挨着窗户坐的，看外面是最清楚的了。

婚娶的队伍很长，也很热闹。人们抬着家具，拿着大大小小的陪嫁品。吹唢呐的人一个个摇头晃脑，让人看见就想笑。花轿一晃一晃的，像喝醉酒的女子那样妩媚美丽。花轿上面的那些花枝绫绸，随着轿夫晃动的躯体飘摆着……

"花轿里面坐的是谁家女子呢？好幸福啊，她要和心爱的男子相守了……如果哪天我也坐在花轿里面，会和谁厮守这一生呢？他，哦，怎么我一下子就想到他——何世泽了呢？……"想到这里，我的脸火辣辣地红了。"薇儿，长大了你要是我的新娘多好！"何世泽坐下来小声地对我说。"去，看我不打你才怪呢！"我言不由衷地说着，低下头，不敢再看何世泽的眼睛。

"安静，安静，同学们都坐下吧。多年前我也像你们一样是这样坐在教室里，张望着外面这一幕。那时候，我的老师对我们说，这一天迟早都会有的，你们等着吧。今天，我也同样告诉你们，这一天迟早都会有的，等着吧！同志们。"杨老师不紧不慢的一番话让同学们一片哗然。杨老师就是与众不同的，他没有像其他老师那样，厉声地斥责同学们一顿。多年后，我还能清晰地回忆起杨老师那天说过的话。时光真是把温柔的刀子啊。把一切美好的东西，无声无息地割断，而你又仿佛什么都不知道。

夜晚，我第一次梦到了何世泽。他纯真的笑容，却有着一股如莲初绽的味道，离自己很近，又忽然很远。我一伸手，他却消失了，留在我眼前只有一片寂寥的田野。

有时候我只能梦到他的背影，无论怎么叫他，他都不回过身来。

梦醒以后，我觉得自己特别疲倦。梦里的情节记得模模糊糊，只是觉得有些愁绪。

我开始避免自己想起何世泽。天地这么狭小，竟然放置不下我俩。也因此，我喜欢上了黄昏，以及月光下自己哀伤的影子。

这是一场太漫长的等待，这是一场没落了的辉煌，这是一场亘古绵延的忧伤。

为什么这样相遇，为什么是在我们还是孩子的时候，为什么以这样的方式相遇？还有什么更隐秘的理由吗？让两个孩子以这么残缺的方式相遇。我一直想不明白。

时间过得真快，转眼我已经上初三了。而惆怅对于十四岁的我来说，已经不是什么奢侈的情绪，倒是再平常不过的了。

有一天，我从枕头下面翻出日记本，竟然发现自己用胶带粘住的日记被人翻开了，上面的胶带也没有了。我一下子想到是有人偷看了自己的日记。心里面禁不住"怦怦"乱跳，害怕呀！会是谁看了自己的日记呢？哥哥吗？再或者就是父亲了。我最担心的就是被父亲看到了。可该来的还是来了。无可选择。

"薇儿，过来，爸想跟你说点事。"晚饭后，父亲一脸严肃地叫我。

"嗯，爸，什么事？"我的双手放在口袋里发着抖。

"薇儿，你现在不是小孩子了，以后不要再总跟那个何世泽在一块玩了。你是爸的希望，将来考上大学，要过城里人的生活。知道不？他和咱同一个姓氏，是不允许以后在一起的。明白不？"父亲的话一寸一寸地落在我的心头，不知道什么滋味。我的心底已经开始恸哭。为什么呢？为什么如此美好纯真的关系，要掺杂这么多世俗的东西呢？我不明白，我只想要那样的日子而已。我不想要什么城里人的生活，我不想要没有何世泽陪伴的日子，更不想费尽脑汁去理解"同一个姓氏，是不允许在一起的"的那句话。我从心底涌出一股对父亲前所未有的愤怒。但是那分明又是无力的。

现在毕竟不比儿时，我似乎懂了些道理却一下子又陷入了不可名状的痛苦之中，泪水从骨髓里往外溢出。为什么人非要把这个世界搞复杂呢，还是这个世界必须要人们复杂呢？

父亲说："总有一天你会明白的，知道吗？"我不明白怎么样的生活才是幸福的，才是正确的。幸福难道有固定追求的模式吗？直到多年后，我也没有明白，更没有找到父亲口中的幸福。幸福是什么呢？而我所知道的是，只要与何世泽在一起的时光就是幸福，毋庸置疑的幸福。因为只是他，再也无人替代。可是，我并不想要父亲所说的未来的幸福。

我不知道，我真的不知道。我不想再长大了，长大了竟然如此的艰难，如此的沉重。我开始觉得长大是一件多么危险的事情。

也许就是从这个时候起，我开始有一种隐隐约约的害怕和担忧，那种害怕和担忧无疑是来自何世泽的。我究竟怕什么呢？我不清楚，但分明又是清楚的。我是爱做梦的女孩子，我喜欢幻想。我多想留住与何世泽相处的一点一滴，留住这样温暖的岁月；留住彼此阳光般纯真的笑容。我不知道为什么会这样，脑子里不断地想着某天再也见不到何世泽了，彼此考上了不同的大学，过着自己的日子，再也没有这样的时光……想着想着，常常就已泪流满面。

这是怎么了？怎么了？我舍不得这样的岁月，舍不得这份纯洁得如一滴露珠一样的感情，可是这样的美好又能持续多久呢？

一天，上课铃已经打响了，何世泽还没有来。我的眼睛不断地向窗外望着，期望他的身影出现在我的视线里。整个上午何世泽都没有来，我的心空落落的，我还不懂什么是失魂落魄，估计就是这样的吧。老师讲的化学课还有几何课，我一点都没有听进去。满脑子想着他怎么没有来，他怎么了……我在一张空白的纸上写满了何世泽的名字，我不知道为什么要写，我不知道。只想就这样写着，一直把整张纸写的没有缝隙为止。放学了，同学们都走了，我还呆呆地坐在那里，眼神中从未有过的空洞，无声地扩散着……

这究竟算不算一场忘我的喜欢，或者是永恒的爱情呢？我不知道，只知道自己的心现在是悲哀的。

而夜晚，这古老的村庄里，流泪的红烛已燃烧殆尽。梦，是否依然不愿借着萤火虫的光芒回家？秋霜，四处弥漫，烟柳已经枯黄。晚风吹来的，只是前世的古木幽香？碧空明亮，碧水妩媚，谁是谁今生的映照？谁是谁今生的所有？一切的等待都在疼痛中发芽。

9 两两相望

为了把我和何世泽分开，父亲竟然找到了班主任，要求把我们俩的座位调开。

这件事是班主任老师无意中对我说出来的。我知道后，心里酸酸的，凡尘俗世本就如此，又该去怪谁呢？就这样，我被老师调到最后面一排。而何世泽还在原来的座位上。我从来没有为父亲这样煞费苦心的关怀而感动过。相反，我感觉很压抑，很痛苦。

我的新同桌是个整天爱叽叽喳喳的女孩。

洁是何世泽的新同桌，学习成绩优异。她很少说话，总是低着头走进教室。一头乌黑的卷发，总是扎成马尾状，蓬松地散落在肩头。她长得很瘦弱，矮矮的个子，蜡黄的皮肤。洁是孤儿，几个月前寄住在何庄的表姐家。

我们终究还是被分开了，我一直担心着的还是来了。而何世泽显然也是很悲伤的。走进教室的时候，他不再吹着口哨，只是满脸的抑郁。在课堂上，他无数次地回首，一双深邃的眼眸注视着我。我是懂他的，因为我也是那样深深地望着他的，在我们目光相碰的一刹那，时间都已经被点燃了。火焰的眼眸，那让我一生都锥心蚀骨的眼眸。我们分明是那样的难舍，那样的依恋。

　　流言飞语就在这时候传得纷纷扬扬，同学们都在流传，我和何世泽两人是青梅竹马的恋人。在那样封建的小村庄上，这样的流言，就像无形的刀子一样刺在我的心头。同样的，何世泽也感到了压力重重。同学们都在故意疏远我们俩，眼神中的轻蔑毫无掩饰地向我们身上撒来。何世泽再不敢回头看我了，我也开始回避他的眼神。这一切究竟是怎么了？我们究竟犯了什么样的错误呢？

　　一种灰色的流言被人们用力抬高，最后又总是被人们重重地摔在脚下。人们往往找不到自己想要的东西在哪里，总是剥挖着别人生活中的一点一滴。然后开始嘲笑，开始把某人当成嚼舌根的工具。夜，不再是沉默的。黑暗中总会涌出一些灼痛人心灵的东西。

　　我再也不能听何世泽为自己吹好听的口哨了；再也不能和他共同做一道题目，不能和他共用一块橡皮了，再也不能了；再也不能天天嗅见他呼吸里安静的味道了；再也不能了……夜深了，我还没有睡着，泪水一直在无声地流着。他呢？他是否也和自己一样在伤心呢？我不希望他难过，我希望他过得快乐，哪怕生活中没有了我，我真的是这样想的。

　　放学的时候，我与何世泽两个人再也不能走在一块了。

　　那天，何世泽和几个男同学在我的前面走着。不知道是哪个男生回过头说："世泽，你老婆在后面呢，你也不等等她啊！"我的脸一下子通红，低着头，逃也似的往前面走着。

　　"你个臭小子，你再这样说我就饶不了你！"何世泽愤怒了，嘴里一边说着一边把那个同学使劲地推到旁边。然后其他几个男生跑着开始大喊起来："何世泽的老婆，何世泽的老婆……"何世泽在后面疯狂地撵着他们，我慌乱地逃回了家。委屈、伤心、迷惘……一起涌上心头，我趴在床上"呜呜"地哭出了声。

那句别人口中的"何世泽的老婆"让我多年后还在回忆，自己究竟是不是何世泽错过的老婆呢？是，肯定是的。如若不然，那么我后来怎么再也无法点燃起爱情之火，原来从那时候起，我已经在心中把自己定位为是他的……

我开始觉得生活很沉重，一种从思想上压来的沉重。那种艰涩每当稍有遐想的时候，便悄然袭来。随着它袭来的还有一股销魂蚀骨的惆怅，我的心上，从此背负了这种的情绪，挥之不去，纠缠不清。没有快乐，没有希望。

自从那次调了座位后，我与何世泽就再也没有说过一句话。

不知道为什么，心里面本想和他说话的，可是每次看到他之后，我就紧张地躲避着他的眼神，没有勇气了。那之前我们之间说话，在一起玩，都是那么的自然、正常。而现在经过这一系列的事情之后，竟然变得如此陌生，或者尴尬。何世泽也是如此，好几次和我的眼神相遇的时候，好多话都欲言又止了。毕竟年少的心经不起太多的打击。特别是少年的感情是一些细腻也易摧折的心思，是经不起多少折腾的。那种羞涩一经出现，再难回归于自然。他或许也是没有勇气吧，他的英雄形象如今是那么的模糊不清。这一切怎么能怪他呢？在我从前的生活中，他给过我那么多的快乐和温暖，够了，这些已经够了。还能奢望什么呢？如何去奢望呢？一切的变数都是身不由己。

后来上课的时候，何世泽不再像以前那样深情地回望我了。快期中考试了，同学们都在争分夺秒地做习题看书。而我什么也看不进去，翻开一本书，眼睛看着，心却不知道悬在哪里。月亮来到窗棂上，像极了他火焰般的眼神。"泽，这样的感觉你也正在体味，是么？是么？"我想着想着，就流下了泪。曾经是怎样的曾经啊，而现实终究碾碎了梦境。

洁每次看何世泽的眼神，都有一种让我感到莫名紧张的东西。那是什么呢？是喜欢。是的，我已经不是小孩子了。凭感觉，我相信洁是喜欢何世泽的。我看何世泽的时候也是那种如水的眼神。我怎么能够做到无动于衷呢？又怎么能够视若无睹呢？很长时间以来，我都把何世泽当成是上天赐给我的礼物。而且一度自私地认为，何世泽是我的唯一，唯一啊！这种闷在心里面的疼，我最终得到了证实。

那天，轮到我值日——打扫卫生了。当我打扫到何世泽和洁的座位时，我的心里一阵莫名的伤感。这里曾经是我的，在心里连他都是自己的。可是如今，一切都没有了，改变了。泽，这么久我们不言不语，你究竟改变了没有？心里想着这些，拿扫把的手竟然那么的沉重。无意间，我朝着桌面上看了一眼，禁不住一阵心疼，是的，是心疼。我看到一张泛黄的纸上，密密麻麻地写满了一个名字——何世泽。纸张的最下角，写着——洁。

这一幕，多么似曾相识啊。不久前，我不也是这样在一张纸上，写满了这个名字吗？多么让人心痛的名字啊。而写这个名字的却分明就是她——洁。我不知道是怎样打扫完整个教室的，心里像有无数个虫子在撕咬。我第一次如此深地嫉妒一个人。是的，是嫉妒。

后来，洁也成了我这辈子最嫉妒的一个人。

"泽，倘若从前的一切，都已经成为过去，那么为什么你还要给我曾经的温暖呢？"我想着过去，想着现在，想着未来。忽然觉得，活着是很绝望的一件事。

期中考试的成绩下来了，以前在班级里排前几名的我，现在的分数线几乎都是不及格。何世泽的分数也是下滑得令人吃惊。同学们交头接耳议论着这次考试的结果。而班级里最沉默的就是我和何世泽了。以前没有调换座位的时候，没有流言飞语的时候，我们俩的学习都是那么优秀，日子过得那么快乐。可是，这一切都只能成为曾经了。这一切又都怪谁呢？而我那执意让女儿出人头地的父亲，究竟有没有暗自后悔过呢？

我知道今天晚上肯定要挨训了，没办法，只能等着父亲的惩罚吧。

晚上，我心惊胆战地坐在书桌旁想入非非，父亲走过来："考试分数下来了？"爸爸面无表情，声音有些冷。我的心颤了一下，爸爸看完成绩单说："你都没有考及格！你就是这么争气的吗？你自己说说，我还有啥指望？你对得起谁？……"说完这些话，父亲猛抽了几口烟，回里屋去了。我无言地立在那儿，这时屋里传来摔东西的声音："生成的就是猪脑筋！按部就班地学点东西就这么痛苦吗？早就让你一门心思学习，偏不听！"

我只好不声不响地趴在书旁，拼命得学习。疯子娘、父亲、哥哥、爷爷和奶奶，还有我。我对得起谁？愧疚的泪水将我无声地掩埋……

我依然魂不守舍，一日一日地消沉下去，心里灰蒙蒙的。

10　无可奈何

就是这样，这里没有人知道自己为什么活着，这里的大人们总是这样教育着自家的孩子："好好上学，长大了走出这个地方。"我的父亲也不例外。我不知道走出了这个地方，又将是什么样的地方呢？人们总是那样重复着和我父亲一样的话语，那也许就是村民们唯一崇高的理想吧。

秋天慢慢变得苍老起来，一场雨水淅淅沥沥地下着，泥泞了整个村庄的路。孩子和大人们都很讨厌这样的雨天，到处都是泥巴。走上一截路，裤腿上星星点点的泥巴就像吸附着的瓢虫。日子就这样在日出时升起，夕阳下坠落。有人幸福地活着，有人痛苦地活着；有人笑着，有人哭着。人们都在不同的心境下，跋涉在同一个红尘中……

我已经习惯了点灯熬夜，习惯了对着自己庞大的影子发呆，习惯了墙角的虫鸣零落；习惯了夜风打窗；习惯了想念一个人的状态……

我感到心灵的无限荒芜和空虚，没有一个支点，像是随时都能倒下的一颗无根的老树。

而整理好疲惫去面对现实，面对一张张熟悉或者陌生的脸孔的时候，心里却一片寂静。好像那些荒芜和空虚，从来都不曾来过。

岁月变得不再漫长遥远，好像一切的辉煌都那么的短暂，好像一切都已来不及。

不能再这样了，我不能再这样下去了。折磨人的疼痛感觉啊，就这样毁灭也好，就这样消失也罢。纵然半颗痴心，挂在云端再也回不去了。一生等你，一生为你，也是无可奈何。

那晚，我无意中听到父亲和哥哥的对话，好像明白了些什么。

"也不知道薇儿这孩子，现在学习成绩怎么落下去这么多。哎！我早看出来不对劲了，我们两家一个姓氏不说，家离得还这么近。祖宗都丢不起这个人，街坊邻居还不把咱脊梁骨捣断！"

"爸，不会吧？也许薇儿他们俩并不像你想的那样，她还只是个孩子，懂什么啊！"

"不是，我都看过她写的日记了，里面有很多何世泽那小子的名字。还能有假！现在是没有什么，以后就麻烦了。我早就给薇儿算过命的，她以后准能考上大学哩；再说以后薇儿上了大学，去了大城市，什么样的人遇不到！那破小子有什么好的，一个村又这么近，丢不起这个人啊！"

"爸，薇儿从小就很乖，她会听你的话，是你想多了。"

"哎！关键是她听不进去我的话啊，你看看她，整天一副心神不宁的样子，一个女孩家整天满脑子地想着谈恋爱，这怎么得了啊！"

我听到这里，愤然地将手中的笔摔在地上。

我从来都没有在父亲面前这样无礼过，不知道刚才受了什么刺激。那些话一直雕刻在我的心口，时而会冒出来疼痛，好多年都无法抹平。是么？自己整天满脑子龌龊，整天想着谈恋爱，是这样子么？父亲的话，犹如一把冰凉的刀子，划在我青春的记忆上。我凭什么健康快乐地长大？凭什么不感到孤独？我的成长早已经生病了，而且是病入膏肓。

"薇儿，你长翅膀了是不是，我把你养得敢摔东西了？"显然刚才我失控的举动惹怒了父亲。

"爸，我，我再也不敢了，我不是故意的。"其实，就在刚刚摔过的那一刻，我已经后悔了，可是已经发生了。我不敢看父亲，只是紧张地低着头，不停地摆弄着手指头。

"薇儿，好了，我也不多说你了。你想想，爸一辈子遭了多少罪啊，我不想让你再呆在这个烂地方受罪了。让你好好学习，还不都是为了你着想么？天底下哪有当父母的会把儿女往火坑里推呢？"父亲说着，泪水就下来了。

我听着心里像刀割一样疼。

我不知道该对父亲说些什么，甚至承诺些什么。我只是呆呆地望着昏暗的煤油灯下，父亲那沧桑的影子。窗外，一片死寂般的沉默。我不知道自己是怎么睡下的，迷迷糊糊。那天夜里，我久久无法入睡，迷惑地思考着自己为什么要生到这样一个世上。为什么活着会如此艰难。这一切都太沉重了，太沉重了。

我好像已经忘记了所有，忘记了眼前的黑夜，泪水在迷惘中轻轻滑落。

该怎样去面对，该怎样去重新做回父亲眼中的乖女儿呢？该怎

样去遗忘此生的最美呢?

在父亲和现实的重重压力面前,我决定不再为何世泽困惑了。为了他的未来,也为了自己的心能够好过一些。

再有两个月就要考高中了,这样下去的结果会是什么呢?不能够再影响他了。是的,从上次的成绩单下来的时候,我一直都沉浸在深深的自责当中:我们为什么要相遇?如果我们相遇就要注定是分离,是苦难,那么为什么还要如此难舍难分呢?如果不曾相遇,那么他会依然是桀骜不驯的他,优秀的他,而自己还是那个孤独的自己。一切毫不相干,那样是不是很好?

可是又能够不再困惑吗,能够忘却吗?能够吗?

怎么可能。

我悄悄地转到了乙班(以前我所在的班级是甲班)。我之所以这样做,是为了逃避何世泽,逃避自己的感觉。可是这一切能够因这种刻意地回避而画上句号吗?

我天真地以为,这一切就这样吧,我自欺欺人地对自己说忘记他吧!我多么的虚伪!明明是心痛得哭了,泪痛得碎了;明明是渴望着那深情的眼眸,明明是渴望着一生一世;可是为什么还要这样矛盾地折磨自己呢?我不知道!我其实早已迷失了,在一场没有开始也没有结束的眷恋里。

我转到乙班后,父亲阴暗的脸色明显好了起来。这其实是一场很残忍的"战争",或许他是胜利者,或许谁都将惨败出局;因为在这样的战役中,无所谓赢家。重要的是怎么样活着才是好过的。人,你为什么而活?幸福,哪儿才有苦苦追寻的幸福呢?

不知道为什么，人越长大心就越悲哀。小时候虽然也难过，可老觉得那都是些小孩子的委屈，从来都是泪水可以解决的，一难过就哭一场，泪水干了，难过也就忘了。可是现在泪水流不出来了，越来越沉重，好像已经被失望压迫着，没有任何办法。

现在，我转到乙班两天了。这两天是多么漫长的两天啊，这两天是怎样的两天啊。缠绕在心头的身影，每一秒都在折磨着我。从来没有觉得人生如此的煎熬，是的，是煎熬。他好像已经离自己太远太远，太久太久了。没有希望，没有快乐，没有目标。

"他怎么样了呢？他还好么？他……"我的眼前都是何世泽，何世泽。

只要是一想起这个名字，我的心就开始一阵一阵地疼。

我开始拼命在昏暗的灯光下，看书，习题。避免想起他，装作不曾记得他。让父亲，让时间重新将自己塑造，塑造成另一个我吧。我学会了什么呢，只学会了虚伪！

我的日记中不再有何世泽的名字，不是不想，而是不能。日记中的一些句子，我都用英文代替了，我知道父亲看不懂英文。这样，父亲就会慢慢以为我把何世泽忘了。以为我还是从前的我。然而，还能够么？

我在这种坚硬的生活中，受尽了痛苦的折磨。我无端地快乐和悲伤，其实都是灼痛心头那张纯真而茫然的脸。

11 此情绵绵

我低着头走进乙班的教室，已经是第三天了。以前与何世泽可谓是朝朝暮暮在一起，如今都三天没有见到他了，整整三天了，日子从来都没有如此漫长过。

我轻轻地坐到自己的座位上。

"薇儿……"一个熟悉的声音从我身后传过来。

是幻觉吧？还是在做梦啊？可是，我分明能感觉到自己的心跳是那样剧烈。我缓缓地回过头，何世泽一双噙满泪水的眼睛，正深深地凝望着我。不知道什么时候，他已经坐在了自己的身后。我心头一热，有一句话多想脱口而出，想说出来，可是我没勇气，也不知是在怕什么。我什么也说不出来了。就这样两双凝泪的眼睛久久地交织在一起，就这样静静地看着，谁都不说一句话；就这样让彼此在深情的眼眸中融化吧；就这样在凝固的空气中老去吧。何世泽憔悴的样子，让我知道，我的悄然离去对他是多么大的打击和伤害。原来他一直都是在乎我的，从来都是在乎我的。

就这样深深地注视着，我们忘记了同学们惊诧的眼神，忘记了流言还渗着鲜血的伤口……我一直是伪装成冷漠的样子，而此时是什么样的支撑，让一颗心肆无忌惮地奔腾。直到何世泽的泪水在我眼前无声地滑落，我方才清醒地意识到，这一切多么的不合时宜。我慌张地躲开他火焰般的眼神，假装没有看到同学们困惑、好奇的眼光，将头深深地埋进臂弯，努力平静着自己汹涌的心跳。多么痛，多么苦，为什么我们要活在无奈的世俗里。

"薇儿……"何世泽小声地哽咽着喊我。

"不要再喊我！"我言不由衷地大叫了一嗓子，我也不知道自己为什么要说如此伤人的话语。也许是害怕同学们再次把我俩抛进流言的陷阱中吧，也许是想让他冷静清醒吧。当晚回想起这一幕，我的心就开始滴血般忏悔，这句话足以让我后悔一辈子。

"薇儿，为什么？我不明白……"

我听着心一阵抽搐得疼，却依旧故作冷漠的表情。难道他真的不懂么，就这样吧，就这样把一切都忘掉吧。

整个教室静悄悄的，没有了往日上课前的喧闹。所有的哀伤和欢欣，都在相互的沉默中结冰。

上课铃声响起，语文老师照例腋下夹着一本教课书，缓慢地走进教室。一切如常，好像这个班级什么都没有发生过。若干年后，谁又会记得刻骨铭心的那一幕？

我知道在我背后那双眼睛一直在深深地注视着，只为了看到我，他竟然也转到这个班。原来何世泽和我一样，同样承受着相等的折磨，只是谁都没有说出口。一切尽在不言中。这样的苦，我愿意只由我一个人来承受。

一件事情被别人叼在嘴里，总是传来传去，就没有人再传下去

的兴趣了。譬如，有关我与何世泽的流言飞语，就是这样的。

日子，依然重复着上课下课；依然两双深情款款的眼神；在上学或者放学的时候，身不由己地相遇再慌张地躲开；依旧的不言不语。我每次回到家里，总是懊悔为什么不鼓起勇气像从前那样和他自然地说话，开心地大笑。为什么就不能呢？就再也不能回到以前的从容呢？可是想象依然只是想象，到了再次和何世泽的目光碰在一起的时候，我还是什么都不说。无奈地重温着那种折磨和痛苦，年少的心一点一滴变得苍凉而脆弱。

夜已经很深了，我还在拼命地看书习题。

"薇儿，都几点了，别再熬眼睛了，早点睡吧！"父亲像是睡醒了一觉，声音从隔壁屋子里缓缓传来。这是我最近几年来从父亲口中听到的最温暖的话了。

我禁不住心头一热："爸，您先睡吧，我等一会就好了。"然后继续埋头看书。不大一会儿，隔壁传来父亲均匀的鼾声。听着父亲的鼾声看书，不知道有多少次了。唯独这次存放在我心头，久久难以搁浅消融。今夜，盛开着理想的光芒，照耀着那些荒芜而暗淡的生命。

迷惘的青春，斑驳的岁月，无法穿越此恨绵绵。

难道，总有一些心愿不能实现，只能留在心底变成深深的遗憾？只能留在心里酝酿成那千年的哀叹，声声长、声声短？

一个明媚的午后，我早早地来到教室。的确很早，两点半上课，我一点就到校了。比我早到的还有一个人——何世泽。我们好像是在无形中争取着什么，每次都是早早来到教室，只是这次，教室里只有我们两个人。在俩人相互深深凝望的眼神中，我的脚步停顿在那里。空气在那一刻有点凝固的味道。

他怎么坐在我的座位上？我想着，就走到何世泽的面前。想说的话太多太多，却一句也说不出话来。

何世泽站起身，只说了一句话："对不起！"

我一下子不知道该说些什么。他有什么对不起我的，他对我的好，这一辈子，我都会铭刻在心头。倘若，这一切都是个错误，我又凭什么想要证实在他心目中的位置呢？我什么也说不出口，尽管我知道事情过后，伴随我的又将是无尽的沮丧和懊悔。这一幕，让我日后每每回忆起，都会落泪，都会仇恨自己。为什么要偏偏故作冷漠呢？其实我有多么想念他，我多想再听一次他深情优美的口哨声啊；我有多么想听他再次亲切地喊我的名字……

何世泽说完"对不起"三个字，就起身走了出去。只留下一块火红的手帕，静静地躺在我的课桌上。我几乎是用颤抖的手，拿起了那块手帕。轻轻地展开它，那是多么温暖和美丽的一副画面啊：火红的颜色，镶着白色的绣花边；中间是一个大大的双喜字，白色的字体；围绕着双喜左右两边的是两只深情相视的鸳鸯……空气充满了宁静，我可以听到自己剧烈的心跳声。

我情不自禁地将那块手帕，紧紧捂在了胸口，落泪如蝶……

"原来刻骨的眷恋早已刻在三生石上了。泽，如若不曾，怎么会有永不言悔、至死不渝的思念，再次温暖荒芜黑暗的生命！你的出生，必是熊熊的烈火为我完成生命的一次涅槃吧。被你温暖，从我还是儿时的时候。这一生我的生命中有过你，还有何求？还有何求啊！就算未知的明天会是离别，泽，我已不害怕。因为有你，我人生旅途中的疲惫、孤单、寂寞以及眼睛中忧伤的泪水，都会有了最终的归宿；只要想起你。"这些话，何世泽也许永远都听不到，我流着泪水把它珍藏在日记里。

12　丢失的童话

那天晚上，我久久不能入睡。而那块火红的鸳鸯手帕，一直被我紧紧地攥在手心里。那晚，夜不成眠，直到那一幕幕的往事在心的海洋里泛起阵阵涟漪；宛如心灵深处无法搁浅的梦，一遍一遍地浮现；那晚，注定睡梦中他必定走来，洒脱的身影，幽深的眼眸……

阳光照在破旧的窗棂上，倾斜斑斓的样子。因为是星期天，此时的我仍然在睡梦中。窗外一片嘈杂繁乱的声音，把我惊醒：动物的悲鸣声，父亲高一声低一声的像是在讨价还价，还有几个邻居不时地说着什么。

我揉揉惺忪的眼睛，迅速地穿好衣服，跑到院子里。

我的父亲和一个衣衫褴褛的中年男人，正费力地抬着麦麦，把它装进一辆自行车后座的编织筐内。麦麦悲哀的惨叫声和邻居们无聊的笑声夹裹在一起，不大的院落此刻显得如此拥挤。

一切的一切都在因麦麦的离去而兀自忧伤着，啜泣着。我不由得哭出了声……

麦麦是一只羊，在我们家已经整整度过五年的时光了。

我十岁那年，父亲从姑姑家抱回了一只小羊羔。小羊羔来到这

个家的时候，还没有满月，却调皮可爱得很：一身雪白的皮毛，一双水汪汪的黄眼睛。最好看的是：它的脖子下面整齐地长着两个肉瘤瘤，摸起来柔软得像棉花。小羊羔走动的时候，那两个肉瘤瘤会很有节奏地摆来摆去，可爱至极。麦麦的名字是没有什么来由的，只是我第一次就这么叫的，后来，就习惯于叫它麦麦了。也许是因为太孤单吧，我从第一次见到麦麦就如获至宝，爱不释手了。听姑姑说，麦麦的妈妈一下有了四个孩子，奶水不够吃，才送到我们家一只的。我很是心疼麦麦，每每坐在院子里，搂着麦麦晒太阳的时候，我都在想，麦麦是不是很想妈妈呢？多么可怜的麦麦。

多少次，麦麦水汪汪的黄眼睛看着我，蹭着我的脸。我天真地对麦麦说："麦麦，只要我在，我永远都会心疼你的！"

每天家里做好的稀饭，我都要伺机偷偷盛出来一碗，留给麦麦喝。虽然为此挨了父亲不少训斥，但心里却觉得很值得。要知道像羊这样的动物，是以青草或者干草为生的。可是，麦麦在我的宠溺下，竟然喜欢上了"吃饭"。这或许就是习惯产生的力量吧。

在全家人眼中，麦麦常常是被人忽略的。大人们的世界本来就已经很纷乱了，有谁会顾得上一只微不足道的小羊呢？麦麦对我的深深依恋，让我感觉心里很温暖。

那时候，哥哥因为去关庙镇上读书，通常是住到姑姑家，平时很少回家。而其他的小伙伴总爱讥讽我是疯子娘的女儿。我宁愿自己是孤独的。因此，我的小伙伴除了麦麦就是何世泽了。

只要是星期天或者是放学后，我与何世泽就会带上麦麦一起出去玩。麦麦同样对何世泽有着深深的依恋。我们两个孩子最喜欢带麦麦去的地方，就是田野了。我们常常一起在田野里奔跑，肆无忌惮地大笑。麦麦是很通人性的。我们只要说，麦麦，开始跑步比赛了。麦麦就弯下身做好奔跑的准备，然后两个孩子领着小羊，开始奔跑在清新的田野里。最后得第一名的往往会是麦麦，因为我们两个会不约而同地放慢脚步，把"荣誉"留给麦麦。然后我们抱着麦麦亲昵一番："麦麦你真了不起，又得第一名了！"麦麦总是欢欣地蹭着我们的脸颊，一副撒娇的样子。

郁郁葱葱的蒿草地里，惹得麦麦不停地走神，它开始不听话了。我知道，那是麦麦想要饱餐一顿了。"麦麦，去吃饭咯！我们等着你！"麦麦很懂事的样子，回头望望，撒腿就跑进草丛去了。也许，后来流浪在天堂的麦麦应该不会感到遗憾吧。因为它曾经被两个纯真善良的孩子，那样深深地疼爱着。

两个孩子无忧无虑地躺在草地上，望着悠悠的蓝天白云，幸福得像童话里的王子和公主。

"薇儿，我想就一直这样看着你，保护你……你不知道，你长的有多好看呢。"我乖乖地听着何世泽的话，笑得像花一样美，一副心安理得幸福的样子。这究竟算不算一场"爱的表白"呢？多年后想起这一幕，我还是不清楚。因为，那时候我只有 10 岁，而他才 11 岁，还只是两小无猜的孩子。

那样的时光美好而漫长，就像轻轻地流水一样，划过童年的记忆。

在我细心地照料下，麦麦在三四个月的时候，身体就已经接近成羊那么大了。我已经抱不动它了。为了防止它乱跑破坏了东西，父亲在它的脖子里栓了个长长的链子。刚开始，麦麦很是不适应，

使劲作挣脱状。我不断地抚摸它，安慰它，和它说话。这样过了两天，麦麦也就不闹腾了。

那时候，只要是哪个村庄要放映电影，附近几个村子里的人都会跑去凑热闹。而我长那么大看过的电影是屈指可数的。还是六七岁的时候跟着大人去看过，后来就没有看过了。父亲总是说："女孩就要有个女孩的样子，黑夜里跑着去看什么电影！"我一直是父亲的乖乖女，别的孩子都大喊大叫的去看电影，我也习以为常了。现在身边有了麦麦，我更多的时间都用来陪伴它了，包括放电影那样诱惑的夜晚，也丝毫吸引不到我了。我把麦麦牵到自己的床边，听着它"咕噜咕噜"的咀嚼声，甜美地进入梦乡。

麦麦真的长大了，在我眼里全村子的羊群们都没有麦麦漂亮。麦麦高高大大的，雪白的皮毛，在阳光下闪烁着星子般的光芒。它脖子下面的肉瘤瘤，还是那样柔软，整齐。一次去舅舅家，舅妈给了我一个桃形的盒子，那是舅妈用过的化妆盒，看上去很美观。我拿回家非常高兴，那是我见过的最好看的玩具了。我在那盒子上栓了个红头绳系在麦麦的脖子上。我在盒子里放了一个小纸条，上面写着："麦麦，我会永远和你在一起。"那是一个孩子多么细腻的感情啊！那句话饱含了几多年少的憧憬，几多年少的梦啊；那是一个孩子，对自己养大的动物多么真挚的情感啊。而关于这个秘密，只有一个人知道，那就是我的好伙伴何世泽。

那年冬天，天气干冷得很。一岁的麦麦，快要当妈妈了。

以前麦麦总是在大门口娇叫着，迎接我放学回家。不管有多冷或者多热，麦麦一直是这样对待主人的。而那天我放学后急匆匆往家跑（自从有了麦麦我每次都盼着早点放学，因为想和麦麦在一起），却没有见到麦麦的影子。

我赶快跑进院子里：麦麦无力地卧在自己的小窝中，忧伤的眼神望着自己，浑身瑟瑟发抖，一阵阵悲怆的呻吟声飘荡在院落里。父亲在一边说："去，薇儿到一边去，小孩子看这不好。"而麦麦那绝望哀伤的目光，让我不舍得离开，它多么需要我在身边啊。"小孩子家，看这干什么？"父亲又厉声地训斥了我一句。我向麦麦挥挥手走开了，泪水忍不住滑落；在心里我默默地对麦麦说，对不起！麦麦，你一定要坚强啊！一定啊！

我躲在自己的屋子里，心疼极了。我只有闭上眼睛默默地为麦麦祈祷，我不能为它减轻丝毫的痛苦啊。

大约十多分钟的时间，一声稚嫩的小羊叫声传过来，我听不到麦麦悲怆的喊叫了。"薇儿……快来看啊！"疯子娘雀跃着喊我。

呀，多好看的小羊羔啊，它多像麦麦小时候的样子啊。我心疼地抚摸着麦麦生下来的小宝宝。而麦麦一副很疲惫的样子，卧在那里，嘴巴却不停地舔舐着身边的小羊羔。这一刻，麦麦的眼神是那么的满足和幸福，我打心眼里为它高兴。

"怎么就生了一个啊，这样的羊喂它什么用啊，过段时间把它卖了算了……"父亲在一旁不住地发着牢骚。我心里翻江倒海般难受和愤懑，却故意装作没有听见父亲的话，继续抚摸着那只小羊羔。

第二天早上，上学前，我跑过去看看麦麦"母女"。令我惊诧的是，那只小羊竟然直直地躺在那里，一动也不动了。可怜的小羊不知道什么原因已经死了。而麦麦的眼睛分明是模糊的，脸上的泪痕还在。

它哀伤的眼神一直望着我，那是一种什么眼神呢？绝望的，空洞的，痛苦的。可怜的麦麦！我抱着它的头，难过地哭了。

那天上课老师教的什么内容，我都不知道。我坐在教室里满脑子都是麦麦的样子，可怜的麦麦。

听父亲说，麦麦卧在那里已经一天了，没怎么吃东西。我听了，心疼极了。"麦麦，你怎么就不吃东西呢？麦麦，不要再难过了。"

我趁父亲不注意悄悄溜进厨房里，拌了一瓢麦麸给麦麦吃。就那样陪着它好久，它才算把麦麸吃完。我的心里才好受一些。

从那个时候，我就开始讨厌冬天，甚至憎恶冬天。冥冥中已经注定，自己和冬天结下了那段缥缈的宿怨。

我成长中的忧伤和痛苦，一起与麦麦点点滴滴地走过。麦麦老了，在我十五岁的时候，它已经五岁了。父亲早就想把它卖掉了，为了把麦麦留下来，我不知道流着泪水求过父亲多少次。而如今，这一天终究还是到来了，不可逃脱地到来了。

又有谁知道，这五年中我和麦麦有多少难言的不舍，有多少常人无法理喻的深情啊。麦麦，对不起！以前我常常抚摸着你的头，告诉你，我会永远保护你，永远把你留在我身边。可是现在，我只能眼睁睁地看着分离的发生。麦麦，你的离开，让我的人生第一次经历了撕心裂肺的生离死别。是的，是生离死别！我清楚地知道，我们这辈子再也不能相见了。你的命运，即将是被屠宰户砍杀，剥皮卖肉……我不能再想象下去了，我的泪水已经将视线完全模糊了（直到我写出这些文字的时候，直到我为麦麦留下这最后纪念的时候，我依然无法自制地泪流不止）……

也许，一切都已经无可挽回了，麦麦，你一定不要怪我。我的生命中永远有个你，永远。

在邻居们嘲讽的笑语中，在父亲严峻的目光中，我那一刻是那么的勇气十足。我抱着被装在筐里的麦麦，无声地流着泪，却无法再对它说出来任何一句话。麦麦也许早已懂得这一切，泪痕划在脸上，深可见骨。

麦麦被中年男人的自行车带走了，惨烈的叫声再次传来，我终于忍不住放声大哭。转过身去，我不忍再看下去了。再见，我亲爱的麦麦！再见，我永生的麦麦！在天堂里，你一定要好好地保护好自己，我可怜的麦麦……

"你看这闺女，怎么这样啊，不就是一个羊吗，有什么好哭的？""就是啊，也真是，看来她和这只羊感情很深啊，咯咯咯咯……"邻居的讥讽，冷漠的笑声，充斥在这个小小的院落里。

我第一次感觉这个院子，如此的难看且腐烂。

麦麦走了，带着我没有完结的梦，带走了我和何世泽年少的悲欣，带走了那个田野奔腾的时代……

"麦麦，你或许都知道的，是吧！那五年间积累起来的快乐和悲伤，你最懂，你最懂啊。我会一直这样的怀念你，怀念那个我们一去不返的美丽童话……"

许多年以后我依然能够回忆起来，还是那种感觉。那时候，麦麦，何世泽，还有我都是那样小，那样真……

13 深情牵挂

离别，是多么沉重的两个字。麦麦走了，再也不会回来了。而这一切都已经无可挽回了。我早知道的，早晚有一天麦麦会不得已而离开自己的，可是我多想守护它再多一天，再多一点。

我感觉活得太糟糕了，心情、学习、身体、精神都濒临崩溃的边缘了。许多难以表达的忧愁，让思想变得日益凌乱，行为也很矛盾。活着，孤独地活着，还要继续被孤独折磨。不是吗？有些不舍的东西，他们偏要给你夺走，有些你不想要的东西他们偏要塞给你。譬如时间，譬如大人。

"薇儿，别哭了，这只羊卖了150块钱，你拿着，够下学期的学费了。"父亲把几张凌乱的票子塞到我手里。

"我不要，我不要！麦麦应该已经被杀死了，被人吃掉了！呜呜呜……"我看都没有看一眼，就把那几张票子撒掉了，然后哭得更厉害了。

父亲慌忙弯下腰身把钱捡起来："你这闺女，越来越不像话了，不就是一只羊么……"面对父亲的厉声斥责，我心里的愤怒一层压着一层，伤心得泣不成声。可是，一个孩子除了流泪，又能怎样呢？

　　我家里的境况越来越不好了。瞎眼的奶奶天天吵闹着要去看眼睛，闹得父亲疲惫不堪。家里哪有给奶奶看眼睛的那笔钱呢？

　　这段时间里，发生在我身边的事无一不是悲哀的。先是麦麦的离去，接着又传来一个更为令人悲痛欲绝的消息：失踪了两年的疯子娘，已经被警方证实溺水身亡了。

　　那天是个星期天，一辆警车停在我家的门口，围观人群不断地往我家涌来。两个警察询问着父亲什么，然后做着笔录。我看到父亲的泪水不断地从他那张沧桑的脸上淌下来。人们唏嘘一片，有人故意惊讶地大叫；还有几个和疯子娘年龄相仿的女人，冷漠或者怜悯地笑着。那些目光不断地徘徊在我和哥哥的身上："啧，啧，这两孩子，真是可怜啊；好歹有个疯子娘，也比没有娘好啊……"他们真的有这么可怜这两个孩子么？我想，只是这个小村庄里又有让他们兴奋的新闻罢了。

　　死亡，这个曾经一直让我觉得很神秘也很可怕的事情，却接连发生在我身边。麦麦无声无息地走了，疯子娘也无声无息地走了。这些悲哀凄凉的画面，无数次地浮现在我眼前，泪水在这样黑暗日子里，又是多么的微不足道。生死离别，为什么是这样？我在深夜里对着桌子上那盏如豆的灯火，怔怔地发呆。父亲、奶奶，还有哥哥，谁的心里不是悲恸的呢？以前仅存的希望，如今也被铁一般的事实熄灭了。可怜的疯子娘，好多的委屈好多的话，你一定还没有来得及说出来吧。这一切，为什么会是这样呢？

　　天堂里是不是很温暖呢？麦麦，疯子娘，天堂里你们要相守在一起啊。在心里，我常常这样想着，虔诚地祝愿着。

麦麦，疯子娘，让我的心痛到流不出眼泪了。

所有的人对我的痛苦都视若无睹。只有每天坐在我身后的何世泽，眼神里的心疼是那么的厚重。我又何尝不知，何尝不知呢？

我一整天一整天地紧锁着忧郁的眉骨。那天，我若有所思地蹲在荒凉的院子里，手里翻着书，却一个字也看不下去。抬头间，竟然看见何世泽静静地站在我家的大门口（那时候农村的大门除了在夜里关上，平常都是敞开着的），一双深情的眼睛专注地望着自己。空气瞬间凝固了，我的心跳是那样的剧烈、紧张、激动，羞涩迅速地在我身体里蔓延。又是默默无言的深情相视！就这样，静静地对望着，任彼此的泪水如花瓣般凋落，凋落。

"薇儿，我一直都在挂念着你，一直……"何世泽的声音哽咽了。我使劲地点着头，泪水从眼睛里不住地掉落。好多好多的话，想要说给他一个人听；好多好多的委屈，想要在他面前遣散。多想对他说："泽，我好想在你面前放松地痛哭一场，像我们小时候一样。"我却什么也没有说出来。

"薇儿，你怎么没有写作业啊！"我的父亲从牛棚里出来，手中的铁锨上装满了牛粪。显然父亲是看到何世泽了，有些不高兴的样子。

"哦，爸……我，世泽借了我的书，过来还了……"我看到父亲出来了，吓得嗫嗫嚅嚅，乱编着谎话。"叔，没有去地里忙啊？我给薇儿送书来了……"何世泽定了定神，慌忙和我的父亲打着招呼。

"哦，今儿地里没有活，你现在，在哪个班呢？""我还在甲班呢，好久都没有见到薇儿了。"

我手足无措地站在一旁，低着头听何世泽和自己一样无奈地撒谎。心里面又难过，又害怕。总之就是希望父亲不会再因为今天的事难为他。

"叔，我回家了，不打搅薇儿看书了。"何世泽假装出一副很平静的样子，没有看我一眼，头也不回地走了。

"薇儿，女孩家长大了，以后不要总是和男孩子在一起玩。"父亲说完这句话，拿着铁锹径直走向牛棚。我小声地应了一句，知道了，就一下子坐在院子里的一段枯树上。半晌，无语。脑子里满满的都是刚才那一幕的回忆。那一幕，足够让我这一生无法从记忆中删除。

这么久以来的种种心痛和经历，使我忽略了爷爷、奶奶，还有哥哥。晚上，我来到哥哥的小屋子。那是怎样简陋的一间小屋啊，除了一张破旧的小床外，就剩下床头的几本书了。

哥哥一直很喜欢看书的，如果不是为了让我上学，哥哥现在都应该考上重点高中了。想起来这些我就觉得很愧疚。

"哥，还没有睡啊？"

"没有呢，你怎么也没有睡呢，作业做完了么？"

"做完了，我就是想和你说说话。"我把自己的心事跟哥哥说了。哥哥说："现在你还小，你们之间拥有的只是一些懵懂心动的感觉，那不叫爱情。等你们长大了，等这份感情经得起时间的考验了，那才是成熟的爱情。再说，以后你们以后考上大学，也不迟啊。这样会影响学习的。爸的看法是有些封建的，不过也是为你好啊，总有一天你会明白的。"

　　哥哥的话还是让我心里面好过一些的，只是，我不明白，哥哥也说了和父亲一模一样的那句话，总有一天你会明白的。可是，那一天会是什么样子呢？

　　我一直没有明白。

14 心灵的折磨

明天又会是怎样的明天呢？我蜷缩在被窝里，迷惘地想着，过去、现在、未来。

我哪里都不想去，只想永远待在这个古老的小村子里；永远和父亲、哥哥以及门前的那条河流在一起。永远这样……永远。

永远，是我小的时候就喜欢幻想的时间长度，然而，谁又能够指望永远呢？

自从那天何世泽来我家以后，每当我坐在院子里的时候，总是幻想着他再一次出现在大门口，一双深情的眼眸望着我。就那样不说一句话。那种感觉让我痛苦而又幸福，却又无力自拔。写上一会作业，我的眼睛就不由自主地瞟向门口。

我把心痛掩盖在日记里，一次又一次。假装，我还是我。而事实上呢，我的心已蜕变得疲惫不堪，我的身体已经瘦得弱不禁风，我已经不再是我。

我常常想着想着就哭了，哭着哭着就睡着了。就是这样，我无怨无悔地忍受着，这种无形的折磨。不知道何时才是尽头。

在学校里，我和何世泽一如既往地伪装成平静的样子，学习、看书，没有任何的交流。同学们似乎已经忽略了我们，忽略了昔日的流言飞语。我知道，在内心深处，我们俩谁也不曾忽略过谁。因为很快要进行中考了，同学们都很紧张地复习着课文，谁不想考个好成绩呢？那可是同学们唯一能够走出荒芜的希望啊。而分数线会直接决定着我们会考进重点高中，或者普通的高中，某种程度上也会决定着我们以后的命运。

我有好几天都没有敢看过何世泽了，只是在他走进班里或者放学的时候，用眼睛的余光偷偷地看他一眼，然后迅速地收回贪恋的目光。他还是那样黝黑的皮肤，在我眼中却永远那样一副帅气的模样。不知道他心里会是怎样想的，我是担心影响了他的学习，再就是一种无可言喻的生疏感，毕竟现在已经不是儿时了。

我的座位是在教室中间的，中间是两个桌子，而和我同桌的女孩不是我们村里的。她是一个和我一样文静的女孩，我们通常不怎么说话，所以我们也没有太多的故事。

挨着我右边坐的是一个叫汪林的男孩子。事实上，我并不怎么了解汪林，也并不怎么注意过他。汪林长得不好看，而且有着一双大大的耳朵，挺得像两个大馅饺子。那是他唯一让人能够一下子记住的地方。

下课的时候，汪林喜欢手里拿几张扑克牌，让我猜哪个是红桃心。我就会皱着眉头猜来猜去。汪林看我的目光让我觉得很厌恶，绝对是那种倾慕的眼神。可是我却觉得只有何世泽一个人可以这样看着我。多年以后才知道，汪林是喜欢我的，而我当时是丝毫没有感觉的。只是觉得他不但丑陋而且很讨厌。

"薇儿，你平常都喜欢吃什么啊？"汪林总是歪着脑袋问我。

"不知道，我又不挑食的。"我心里这样想的，也是这样说的。

那天下课了，汪林又拿出几张扑克牌让我猜。我也不知道怎么回事，心里面忽然恨恨的：泽，你为什么就一直没有勇气对我说那句话呢？或者对我再好一些呢？其实，我又是很害怕何世泽对我说出那句话的。我自己是非常矛盾的。但那一刻，我清楚地知道自己恨他了，就那一刻。

我装作很开心的样子，猜着汪林手里的扑克牌。其实，是我故意想让身后的何世泽心里难过。我也不知道，我怎么会忽然有那样龌龊的想法。

"我猜是这个吧？"

"不对，不对，薇儿，今天怎么成了笨丫头了！"

"那应该是这个吧？"

"哈哈，薇儿，真聪明！"我和汪林就那样猜来猜去。以前我从来没有这样轻浮过，平时我多么矜持啊。只是现在却故作快乐的样子，想去伤害让我欲罢不能的何世泽。

我到底是怎么了？

果然，身后传来一阵重重摔打的声音。我知道，那声音一定是来自何世泽。我回过头，毫无表情地看他把一本书在书桌上摔来摔去，心里面竟然那样的舒畅和轻松。

接下来，让我意想不到的是：何世泽忽然蹿起来双手掐住汪林细长的脖子，一个猛扑，汪林连人带书，被他按倒在地上；他嘴里还大声怒吼着："汪林，你小子不想活了是不是？天天在这捣乱，还让别人怎么静下心来学习啊？"看来何世泽是被我气坏了，却又很无奈。只好把气都撒在汪林的身上了。我心里禁不住一阵的后悔和疼痛。

"我怎么影响你了，现在又不是上课的时候，你规定的不让课间玩啊！"汪林张着两只大陷饺子似的耳朵，丝毫不示弱地大叫。

两人拼了命地撕打在一起。

我没有想到事情会这样，恐慌使我的手有些发抖。

"别打了，别打了！"我大喊着。他俩好像没有听见一样，还在继续打，我看见了何世泽的嘴角渗出了鲜红的血。那一刻，我是怎样的后悔和无措啊！

一屋子的同学吃惊地拥了过来，汪林被人从地上拉起来，何世泽躺在那里呼呼的喘粗气。

很快有人跑去报告了班主任老师。汪林与何世泽被带到了老师的办公室，好像整个事情与我无关一样。

我已经坐不住了，假装上了趟厕所，偷偷地溜到老师办公室的门口。我伸着半个脑袋，看见班主任老师唾沫星子飞溅地吼着："你们俩是怎么回事？想翻天啦，是不是啊？你们的爹娘让你们来上学还是来闹事的啊？"

何世泽低着头不说话。我知道这个时候，他才是他，而刚才那个疯狂的男孩，一点都不像他。

汪林用一只手摸着肿了嘴唇说："我当时在玩，他竟然疯狗一样抓住了我的脖子，说我影响他学习了……"

"是你声音吵得太厉害，让我看不进去书！"何世泽突然抢口道，

"你他妈的还有理了！"

"你住嘴！"班主任老师凶神恶煞似的冲何世泽吼了一嗓子。

何世泽不满地嘟囔了一声，耷拉下眼皮。老师被他不服气的样子激得火冒三丈，也不管谁的对错了。面红耳赤地冲何世泽喊着，手指几乎戳到了他的脑门上："你瞧瞧你这是啥态度，你瞧瞧！气死我了，干什么用白眼翻我，课间人家玩怎么就影响到你了，你说啊？我看八成你是有神经病吧。人家为什么就吵着你了，就没有吵到别人？就你是好人是吧，怎么着，还想动手掐老师的脖子不成……"

看来班主任老师被何世泽不屑一顾的表情气蒙了。

我不敢再看下去了，虽然他们两个谁都没有提起我，我却知道我有多么的罪孽深重。因为自己卑劣的情绪，而导致的这场厮打，身体和心里受伤的不仅仅是一个人。

班主任老师是不会再喜欢何世泽了。因为当天上课的时候，何世泽被罚站在全班前面检讨。颜面无存啊！我看见同学们唧唧喳喳地在下边对他评头论足。

我回到座位上心里愧疚得要命，不敢看何世泽的眼睛。也许，他并不知道那是我在故意气他的，我一直这样想，也一直是很后悔的。

从那一天起，我感觉到了何世泽眼神里的空洞和陌生。或许他在心里埋怨我了吧，埋怨我那天为什么要和汪林嬉闹。然而，我的心里更是空落落的，我原先的后悔也一点点消融了。好像那样做就是真的，就是我所愿意的。

我想，也许我们已经走到了尽头吧，就这样痛苦地散场了吧。我卑微的心不知道天天都在想些什么：就是没有我了，不还有你的同桌洁么？那个脸色蜡黄的女孩子。她那么的喜欢你，我是知道的。

怎么这么点个人，就懂得嫉恨呢？我也不知道，自己怎么变得如此讨厌，是的，是讨厌，我自己都开始讨厌自己。我还能指望谁的不离不弃呢？我只要一想起来，洁写得满纸何世泽的名字，心里就开始愤愤然。我多么的可笑啊，一直把何世泽当作自己的唯一。

我心里明明知道，洁只是单相思而已，却为什么还是忍不住心疼呢？我不断地问自己，沮丧地流泪。

每次看到何世泽躲闪的眼神，我就心里很冰凉，很绝望。看来他是真的误以为，我就是喜欢那个叫汪林的男孩了呢！可是我孤傲的个性，绝对是不愿去解释的。宁愿狠狠地心疼着，悲哀着。

他躲闪的样子，让我也开始故意冷漠他，从眼神，到每次风一样从他眼前穿过。

我恶意地想，我要亲眼看见我们青梅竹马的感情一点一滴地死去，没有痕迹……我绝对不做你季节之外的花朵，我要凋零，就要凋零！只为了让你难过，让你一辈子都会牢牢记住我……

我故意晚一点到学校，故意让他担心。其实就是为了折磨自己，折磨何世泽，折磨这份纯情。

我从来都是怕他对我说出那句话的，然而我又是多么渴望他能够说出那句话。

我就是这样矛盾着，痛苦着。那句话，他为什么就不说呢？我们还有多少在一起的时光呢？说不定一个考上重点高中，另一个考到普通高中了。还有多少等待的韧性呢？

那几天，我清楚地知道，我有些恨何世泽。可是他又何尝不是呢？如若不然，他怎么会一副空洞的眼神呢？我知道那也是因为我，可是我是自私的，当时，我觉得自己没有错。

我们就这样各怀心事地冷战着，而这种温柔的自相残杀，到底都是因为什么呢？

可是多年后，我发现那的确是因为两个字——爱情。

可是除了他，我还能够去为谁呢？却没有答案。

15 黑夜横行

　　我一天天地憔悴下去，在这场无边无际的痛苦里。而何世泽又何尝不是如此呢？抑郁的眼神，恍惚的样子。古有陆游伤怀至极的：春如旧，人空瘦，泪痕红浥鲛绡透。我想，也莫过于此吧。

　　在每一个白昼闭上眼睑的时候，我总是踏上黑夜的扁舟渡你。何世泽，也许你并不知道……

　　就是这样。

　　天气渐渐热起来，今年的花瓣都已经凋落，如果还有一些花儿的话，那就是秋作物芝麻地里的芝麻花了。芝麻花气味芳香，微甜。芝麻叶子可以摘下来晾干，做芝麻叶面条。而等花儿结成芝麻果实的时候，芝麻叶子就老了，不能吃了。而这时候往往是蚂蚱蟋蟀猖獗的时候，人们会把家里养的鸡子带到地里，去饱餐地里的害虫们。那些像是天生地长的蚂蚱蟋蟀，总是层出不穷，庄稼被毁掉的元凶往往就是它们。人们却是那样无奈……

　　我跋涉在无边无际的迷惘里，任凭时光一寸一寸磨去我缔结在心头那薄如蝉翼的希望。

　　那一天我放学回家，听奶奶说家里人都去田地里拔草去了，到现在还没有回来，要我去地里看看。我去了地里，远远地看见我家地头聚集了一堆人，像是在争吵的样子。我的心马上缩紧起来，匆匆地跑过去，果然是父亲！他正在和挨着我家地边的赖孩吵架。

我心里一颤，很是担心父亲。赖孩和我父亲年龄差不多，听人们说，他从小就放火偷东西，坏事干绝，也因此得名叫赖孩。通常，村里人是都巴结他的，没人敢惹他。我知道些原因的。其一，赖孩在我们村整天打人，我从小长这么大见他张牙舞爪地拎着刀，也不知道有多少次了，我们那里的人都害怕他的。其二，因为赖孩家有 5 个弟兄，在我们那个小小的村庄里，想生存是不容易的，要讲究谁家人多，谁家有势力。而我的父亲除了两个姑姑远嫁他村外，只有他一个人，势单力薄。

我听见他们扯着嗓子在吵架，确切地说，就是赖孩一个人在疯狗般地叫。我的心因害怕而一直怦怦乱跳，我看见哥哥和爷爷也夹杂在人群中。而赖孩的两个弟兄也一副得意的模样，掐着腰虎视眈眈地用眼睛剜着我的父亲。我是怎样的担惊受怕和手足无措啊！

"……拔草也不长眼睛看看，把我家的庄稼都踩死了……想死就说一声……"赖孩一副要在人堆里出尽风头的样子。我是知道的，我的父亲老实巴交，不可能去踩他家的庄稼的。他这是明明欺负我们家啊。

"我在自家地里拔草，怎么会踩到你家的庄稼了呢？……"老实的父亲辩解着。

我使劲拨开人群挤过去，不言不语地站到父亲身边，我着实心疼我的父亲啊！赖孩恶狠狠地盯着我，我也死死地盯着他。我后来常常幻想，我怎么就不是个侠女呢，我将他们打个稀里哗啦，救起

我可怜的父亲，该有多好。

我不知道该用什么样的目光，才能表达出我对眼前这个作恶多端的家伙的愤恨。

"妈的，用眼剜老子干什么？"赖孩突然向我怒吼道。我想要张口回骂他，却被父亲拉了一下衣角。我知道父亲是怕我吃亏。父亲小小的动作，赖孩尽收眼底。他显然更加猖狂了："妈的，再给我瞪个眼睛试试看，哼！"我当时就有一种想把他撕碎的感觉。

"你他妈的不要欺人太甚了！"我们都没有注意到，哥哥竟然一个不防将拐杖狠狠地砸在了赖孩的后背上。"哎哟！兔崽子不想活了。"赖孩狼嚎一声，扑向腿有残疾的哥哥。

这时候爷爷呀呀怪叫着从地上蹿起来，冲着赖孩动起手来。不幸的是年迈的爷爷，立刻挨了重重的一脚，几乎是横着身子被抛了出去。爷爷还没落地，便听见爸爸疯子一般地嘶叫着和赖孩扭打在一起。瞎眼的奶奶不知道什么时候从家里摸了出来，听见爸爸与人打架，哇哇地哭喊起来，呜呜呀呀，听不清是在喊叫什么，她那单薄的小身子怎么能够靠得上来，只是哇哇怪叫着手忙脚乱。

好在赖孩的两个兄弟没有上阵，尽管这样，我们一家老弱残兵的也够受的了。

为什么要打？要拼？

我并不想知道，我早就愤恨地想跃跃欲试了。只是我的父亲一直把我牢牢地护住。

大人们在打，我的哥哥也被打得流鼻血，翻跟头。我们都在杀伐斗争中活着，苟且偷生地活着。我开始觉得恨起来，我看着怒目相向的双方，我知道他们也同样在仇视我们，恨不得我们死了才好。

瞎眼的奶奶哭天喊地地叫着："我的老天爷啊，要出人命了啊！"父亲的牙齿被打落了两颗，血一直从他嘴里向外冒出。父亲用手把我揽到身后，我哭得泣不成声。而赖孩仍然如疯狗般地上下撕咬窜跳着。

围观的群众都像看电影一样，看着我们厮杀拼打。看吧，让他们看吧，说不定哪天他们其中的一个，就是今天厮打的主角。

我们一家人已经伤痕累累。

现实拉着脚步踉跄的我走进了一条阴暗的隧道，我听见自己粗重急促的喘息声汹涌而来，潮水一样淹没了我，我惶恐。"魔鬼"——我心里一直跳动着这个词，我心里具体在想什么我也不清楚，只是觉得自己紊乱得只剩下了狼狈奔逃，而追逐自己的竟然就是自己那越来越重的喘息声。

黑夜又一次在我的面前漠然地降临了。

我和哥哥、父亲围着那盏如豆的煤油灯，谁都不说话。

"哎哟，哎哟……"东屋子里传来爷爷痛苦的呻吟，爷爷被赖孩踹了一脚，伤得不轻。父亲的嘴唇肿得老高，两颗门牙已经掉了。伤势这么重，硬是没有去看病就那样强忍着，没有人提出来去看病，包括我。我也不知道为什么。也许家境困难占其中的一个主要原因吧。

这一幕，永远地印在我的脑海里，悲凉、惨烈。

哥哥突然拄着拐杖，一条悬空的腿摇摆着，向破旧的厨房走去。"峰儿，你给我站住，你去哪儿？"父亲厉声喝问道。

哥哥没有吭声。

　　一会的工夫，哥哥从厨房出来了，手里还拎着一把切菜刀。哥哥一瘸一拐地走着，外边黑黢黢的没有一丝光。

　　"峰儿，你给我站住！你这是要干什么？"

　　"我要把赖孩一家杀掉！我要杀掉他们全家……"哥哥歇斯底里地叫起来。

　　我看见父亲的脸色像纸一样的苍白。

　　"啪！"父亲一巴掌狠狠地抽在哥哥的脸上。

　　"爸，别打哥哥了，他今天已经受伤了……"我哭着拽住父亲的胳膊，一阵揪心的疼。

　　"别怕，孩子们，明天我要拿起法律的武器惩治赖孩这个恶霸！"父亲坚决如铁地说完这句话，就回屋睡觉了。我知道，父亲肯定今夜无眠。

　　如豆的灯火熄灭了，眼前剩下的只有死一般的黑暗。

　　"薇儿，薇儿。"这时我听见两声细微的呼唤声，吓了我一跳。我眯细了眼睛向院子里搜去，只见院子的柿子树下贴着一个黑影子。因为遭遇这样的打击，今晚我们家的大门竟然忘了关。

　　我看见那影子向我走过来，竟然是何世泽。我揪起的心算是放下了，随之而来的却是又惊又喜。我以为我们之间的感情已因故作冷漠的折磨而干涸。他的出现对于我来说，无疑是个奇迹。

　　我总是那样一件事明知道做错了，还要依着性子来。

　　"你来干什么？"我故作生气地问他，"还偷偷摸摸的。"

　　"我，我……"何世泽一下子怔在那里，慌得语无伦次。"我没有，没有偷偷摸摸，我一直都在这里，看你们打架，不，不是，我没看你们的笑话，真的，我是为你们家担心……"

"薇儿，你在院子里做什么，还不睡觉去？"屋子里的灯亮了，传来父亲极为厌倦的呵斥声。

"我们一起去把赖孩杀掉吧？喊上你哥一起去。我……我为了你，万死不辞！"何世泽压低了声音，望着我。我立刻像被蜇了一下，打了个激灵，望着正巴巴地眨着眼的何世泽，以为自己听错了。这不像是何世泽能说出的话，一时间我呆在那儿，张了张嘴，竟然没能说出一句话来。

"世泽，世泽——妈的，天都这么晚了，你还不回家，作业也不写，你别让我看见你啊……看我不打断你腿！世泽——"这时传来了气急败坏的叫骂声。

"不好了，是俺爸！"何世泽听清了是在叫他，吓得声音都变了，立刻猫着腰一溜儿小跑消失得无影无踪了。但是街头很快传来了他的哭叫声，他一定没有逃脱他爸爸的魔掌，现在肯定挨上打了。我心里禁不住一阵难过，为了这个让我痛苦又让我幸福的男孩。

夜，冰冷冰凉的。它仿佛在无声地望着我，望着这个村庄，望着这个无奈的纷争的世界。

这时候爷爷已经不再呻吟了，大概是睡着了吧。我可怜的爷爷，后来因为此次的摔伤，而酿成了致命的悲剧。哎，还有我瞎眼的奶奶，今晚她是最安静的了。要在平常，又不知道该怎样指桑骂槐地吼他的鸳鸯对头——我的爷爷了。

我摸索着，蜷缩在奶奶的脚头，脑子里一片混乱。

那一夜，久久不能入眠。

16 敢吃螃蟹的人

就这样，我蜷缩在奶奶身边迷迷糊糊地睡着了。

我一直在做梦：梦见白天赖孩狰狞的面孔，梦见自己竟然运用轻功将他的头颅高高提起，然后重重地摔在地上，看他龇牙咧嘴的可怜样……我忽然怎么也飞不起来了，好像被念了咒语似的。赖孩从地上爬起来恶狠狠地扑向我，我闭上眼睛等着死亡来临。千钧一发的时候，何世泽来了，他将赖孩打翻在地，紧紧地抱起我，我闻到他身上熟悉的清新味道，沁入骨髓的温暖……

"薇儿，薇儿，该起床上学了！"奶奶大声地喊着我。我睁开眼睛，头晕晕的。我愣愣地坐在床上，回忆着刚才梦中的情节，心里像倒了五味瓶。

"等下都迟到了，还不去上学啊？"父亲在院子里叫道。我应了一声，赶紧起床了。

父亲正在院子里吃力地押着井水，那个年久失修的老井，随着父亲不断弯曲的身影发出"咣当咣当"的残音。

那是父亲在为一家人准备做早饭的第一步。

父亲的脸色有点蜡黄，眼睛里布满了血丝。我知道父亲昨晚又是一夜未眠。

日子还在继续啊，今天的太阳一大早就那么的刺眼。

我走进班级的时候，偷偷地往何世泽的座位上瞄了一眼，他已经来了。而且他的眼神正在深深地注视着我，一如从前的柔情。我不禁心头一热，迅速走到座位上，翻开书本故作平静。

想起昨晚何世泽挨打的惨叫声，还有他像个大人似的话语，我百感交集。无论我是怎样故意伤害他，他依然还是牵挂着我关心着我，不跟我去计较。而我呢？屡屡如此故意冷漠他，又是为什么呢？我自己都不明白，自己为什么如此矛盾。

纯真的你，为何迟迟不说那句话呢？你是否知道，我为你而贮守的坚韧正被那流逝的岁月一点一滴地剥夺？

在那些没有星星也没有月亮的夜晚，我的难眠恰似那瑟瑟的秋风，亘古而绵长……对你的眷恋亦宛如时光留给我的一根针，我用它刺痛我曾经鲜红而现在苍白的手掌……

"薇儿，你要好好的，一定要好好的。"何世泽轻如柳絮的声音从我身后传来。

我的万千思绪徒然熄灭，回眸看着他纯真的脸："嗯，没事的，你也是。"我的心跳得很厉害，颤颤地从嘴里吐出这么几个字。然后迅速转过头，不敢再看他一眼。

那一刻，我在想：假如某天我的眼，能够从容地与灯光与夜色告别；那么我的心，也必将与孤单与寂寞分别；与之一起告别的还会有，会有他清泉般的眼眸。

明月不谙相思苦，夜夜皎洁穿满路。

无奈何，无奈何。我们依旧假装平静，上课，下课。偶尔偷偷地对望一眼，四目便怆然而逃。

下午放学后，我还没有走到家，就远远地看见好多人围聚在大街上。人们乱作一团，喧哗声一阵高过一阵。

小小的村庄上，这样的场面，长这么大我重复地见过多少次了，我不知道。而每次，都会有许多的看客们津津有味地欣赏着，议论着。等不到多久，他们其中的一位，就又成了被人们揶揄、耻笑的对象，他们多么愚昧，多么无知啊！因为穷，他们没有尊严，没有斗志；因为没有文化，他们思想低俗，腐烂不堪。这一切的一切，一时之间是无法逾越和改变的啊！而这一次，又是跟什么有关呢？我踟蹰地想。

跟我一起放学回家的同学们，一个个奔跑开来，慌赶着凑热闹。

我没有跑，真的。不知道为什么，我的心里竟然平静如水。

人群的骚动，警笛的长鸣；有人忽然失控地喊着："好！好样的！"

一辆警车停在赖孩家的大门口（赖孩家就在大路旁边）。赖孩勾着头，手上戴着锃亮的手铐，在两名警察的监押下钻进了警车。

人群中传来一阵阵响彻云霄的欢呼。

我看到，人们都纷纷把目光投向一个人——我的父亲！那些目光是我从未见过的敬佩和尊重。

我明白了，原来是父亲为昨天无辜的挨打报案了。

我的父亲一副不屑的神情，迈着缓慢的步子向家里走去。人群中有人竖起了大拇指，有人一片唏嘘："真是有胆量啊……哎呀，这下好了，赖孩恶有恶报啊，这个恶霸……"

想必人们也都对赖孩这个恶贯满盈的家伙痛恨至极了。几乎对他都是又恨又怕的，却一直还要巴结他讨好他，没有人敢和他作对。而一向老实巴交的父亲，这次突如其来的举动却让村民们佩服得五体投地。

在这个小村子里，我的父亲竟然成了第一个敢吃螃蟹的人。

听父亲说，自从我们家告发赖孩以后，下面接着又有二十多家告发他：凌辱妇女、抢夺财物、持刀威胁……等等罪行。公安机关已经并案了，终于把那个人人痛恨的恶魔判刑了。从此赖孩的兄弟们再不像从前那样为所欲为了。

一波未平一波又起。

刚刚回到家里，就听到爷爷奶奶的对骂声。

"……你个死老头子，有本事怎么不把赖孩打死啊，都是怨你死老头子天天惹事……"

"……我是打不过，你死老婆子去打啊，你儿子牙齿都被人家打掉了，你不也是瞎看着吗？……"

其实，对于这样的阵势，我早就见怪不怪了。记得很小的时候也不知道什么原因，爷爷和奶奶隔三差五就拼了命地打骂。而我刚开始总是很害怕，后来就逐渐麻木了。这样的阴影深植在我的记忆中，以至于长大后，我和哥哥最怕听到吵架的声音，那是怎样的一种恐惧啊！我却不能把它当作易逝的风。

我的父亲踱着焦躁无奈的步子，走来走去。"整天就知道闹闹，外面闹，家里闹，还怎么活啊！"父亲嘴唇颤抖地发着脾气，他的

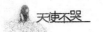

喊叫在爷爷奶奶的吵闹声中，显得那样无力。

奶奶一贯是糊涂的纠缠，而爷爷则绝对是当仁不让。

奶奶挤着瞎眼委屈地叫骂，哭天喊地地拍着地面。爷爷被赖孩踢得还躺在床上，却也脸红脖子粗地和奶奶对骂。他们的世界好像从来都没有过理解，没有过和平的沟通。

一大堆围观的人群，又是一堆围观的人群……瞎眼的奶奶依旧无比固执，受伤的爷爷依旧无比暴躁。

我呆呆地看着这一切，竟然无动于衷，好像是在看别人家发生的闹剧。

没有悲哀，也没有难过，我只是觉得人为什么要活着呢？为什么要斗争着去活着呢？

我不明白。

家里人一个不注意，奶奶竟一头撞到了墙上。

"呀，不好了，不好了，老太太撞墙了——"人群中突然有人喊了起来。

父亲疯子一般地从屋里冲了出去。他真的疯了，直奔到墙边，一下子把奶奶搂在怀里。他跪在地上哭了："不要再闹了啊，我的亲娘！……"

人群里一阵安静。

我和哥哥是怎样的不知所措啊，傻呆呆地看着这一切撕心裂肺地发生，很快许多人都围过来看……这些无力无奈到绝望的事情，永远都是一个滴血的伤口。我始终不知道为什么事情会是这样的，我们都是怎样的生存着。这些围观和被围观的事，不止一次地发生在我身上，更不止十次地发生在我身边，他们都在看什么？邻居们永无休止地你打我杀，指桑骂槐，我悲哀地看着这一切发生。

我看到，奶奶的头上凸起一个大大的包，头发凌乱，唇角发白。

奶奶的惨状，让我的心像针扎了似的疼。我本应该哭的，可我硬是挤不出一滴泪。看着躺在父亲怀中的奶奶和床上唉声叹气的爷爷，我一下子有一种想逃跑的冲动。从这个腐烂的家里逃走，从这个破旧的村庄逃走！

我受不了了，我现在就想走。我叫喊着冲出家门——我要离开这个可悲的地方，离开这个不是家的家！

我的哥哥强行把我拉了回来。我和哥哥当时何止是泪流满面啊。我永远忘不了，围在我家门口看热闹的那些伤人的目光，伤人的目光啊！

夜里，我一个人穿起衣服站在院子里，泪如泉涌：平静，何时才能为我打开一扇门窗，哪怕只有绿豆那么大的窗口啊！

那一刻，我想起了他——何世泽。非常非常地想。

泪珠不断打在黑夜的身体上，我看着它依旧沉默的样子……

17　这一场相聚

那天夜里，躺在奶奶的身边，我忽然飞翔在向往的云端，双臂长出了好看的翅膀，我蜕变成了一只美丽的蝴蝶！蹁跹的样子，一直萦绕在何世泽家的青砖老屋外。他笑得很好看，我想让他变成我的样子，去一个自由翱翔的地方。我们开始化蝶双飞了，多么幸福……我们忽然遇到了一片火海，我只想自己一个人葬身火海，留下他，在尘世的空隙中偶尔想起我。我浑身滚烫啊，我已丧身火海，万劫不复了……

不知道过了多久。

我似乎是趴着父亲的背上，父亲好像在拼命地奔跑着。我听见哥哥在哭，在呼唤我的名字："薇儿，薇儿……"

"薇儿，薇儿，你醒了！你醒了！"我感觉头痛欲裂，模模糊糊听见父亲在叫我。睁开眼睛看到父亲充满血丝的眼睛，我想挣扎着起身。

一个穿白大褂的医生说："不要叫她乱动，她患了急性脑炎，需要好好休息。"我躺在床上，眼前的世界一片雪白。

父亲坐在床边，满脸的憔悴，父亲说我昏睡了一整天才醒过来。

我恍惚如梦，问父亲："爷爷奶奶现在和好了没有？"

"哎，他俩一辈子就那样了，还能指望他们怎样和好呢？"父亲叹了口气说。我一时无语。

"爸，我想回家，不想呆在医院了。"我直直地盯着雪白的墙壁对父亲说。

"薇儿，你病得不轻，等好些了再走。"

"快考试了呀，我不喜欢这医院里的药味。"我想到父亲和爷爷被打得那么厉害，都没有来医院看，心里就觉得难过，嘴里却对父亲说着这样的话。

就这样，我躺在关庙镇上的医院输液，一晃就是三天。

躺在病床上，我常常浮想联翩：疯子娘和麦麦过得还好么？它们在天堂里会不会相依为命呢？……何世泽考上另一所高中，我们无言的告别，或者此生再也不能相见……想着想着，我禁不住泪眼朦胧。

一幕一幕过去的忧伤和快乐，我都那么专注地回忆着。

我的心里不知在什么时候，已经长满了斑驳的沧桑。

父亲去买饭了，我一个人望着天花板发愣，一些皲裂的墙皮打着卷儿，它会不会忽然站起身轻轻地愈合呢？我胡思乱想。

恍惚中，我总感觉门口好像有人看着我。我下意识地向门口望去，心一下子快跳了出来：何世泽！是他，他静静地站在那里看着我。我们眼神相遇的一刹那，我分明看到了他抑制不住的泪水，那是怎样的欣喜，怎样的疼痛啊！

我永远都不会忘记。

仅仅几天没有见到何世泽，他的脸竟然显得那么的憔悴。我们久久地对望着不说一句话。

"快进来啊，别站着。"我对面床上住的一个阿姨，撑着身子喊何世泽进来。她的丈夫看了她一眼笑笑。我感觉那种笑还包含了许多东西。

何世泽局促不安地搓着手，咬着嘴唇，费了好大劲似的，走到我面前坐下来。

"薇儿，好些了么？我其实早就想来看看你。"何世泽注视着我，很小声地说。

"嗯，我感觉好多了，我也早想不在这里了呢！"我羞怯地垂下眼睑。其实他的到来让我多么地喜出望外，我的心一刻都没有停止过对他的思念。

在这里看到他的第一眼，我就被震撼了。我为他令我意想不到的勇气而震撼，而感动。

我永远无法忘却，他如杜鹃一般凝望我的眼神⋯⋯

我知道了，我懂了。

你来，不是为了挽回曾经被月光冷落的寂寞忧伤。

你来，拿起了那深植在心底的过往；

你来，是为了重新企及梦想的天堂；以及一切真诚的渴望，让我曾经被囚困的心灵，

再一次——再一次生出憧憬鸳鸯蝴蝶梦的双桨。

我愿——我愿再一次，再一次为你痴狂，甚至为你永不知疲倦地流浪，流浪⋯⋯

"你看他俩多像青梅竹马的一对啊，多好……"我听到对面床上的阿姨小声地和她丈夫说。我的脸禁不住一下子变得通红，我不敢再看何世泽了。

"薇儿，你刚才听见没有，阿姨说咱俩是……"我轻轻地在他胳膊上掐了一下，"快别说了，我们是好朋友呢！""好，好，是好朋友。"

"对了，薇儿，我怎么忘了啊，我给你带好吃的了！"何世泽自责地拍了一下脑门，分别从左右两个口袋里，掏出了两个鹅蛋。这场面多像我们小的时候啊，多好。这样的娇宠还可以再次回来。我表达不出内心对这一切有多么的感激。

"嘻嘻，我正想吃呢！"我一副遮掩不住的幸福样子。

"我就知道呢！"何世泽说完把其中一只鹅蛋，往墙上轻轻撞了一下，然后剥去皮，里面露出白白嫩嫩的蛋清来。"来，张嘴。"何世泽把剥好的鹅蛋送到我嘴边。我害羞极了，不由得想伸手去拿过来，却忘记了手上还扎着针呢。我感觉有点痛，手上竟然鼓起了一个大大的包。

何世泽很快喊来了医生。

"怎么这么不小心呢！不要乱动，给你说过没有啊！"医生一边给我重新扎针，一边责怪道。我勾着头不吭声。

"哎呀，都怪我了，都怪我了！"何世泽在一旁不住地说，一脸的难受样。

"呀，小姑娘，你爸回来了！"对面床上的阿姨喊了一嗓子。

我吓坏了："泽，你快走！爸看见就糟了。"

"来不及了，我不走了！"何世泽紧张地说。

"那怎么行啊！"我急得眼泪都快出来了。那个刚才给我扎针的医生"嘿嘿"地笑着，我莫名的有种毛骨悚然的感觉。

"来，小孩，先把你盖在我被窝里面吧，你不要出声就行。"对面床上的阿姨，看见我焦急的样子，好心地给我想了个办法。

"快去啊！"我急切地催促着何世泽。

在父亲来到病房的前几秒，何世泽隐藏到了对面阿姨的床上。我吓得大气都不敢出。

"薇儿，饿了吧，爸给你买了肉馅包子哩，吃吧！"父亲好像并没有发现病房里有什么异常，把塑料袋里的几个包子递给我。

"爸，你也吃吧！"

"我刚才吃过烧饼了，你身体不好，要多吃一些。"父亲在我床边坐了下来，仰头看看吊着的盐水瓶。"噢，这一瓶输完，今天的药就没有了。"

我点头，嘴里衔上一个包子，心里却乱作一团麻。我偷偷地往对面阿姨的床上看去，何世泽被被子盖着，没有任何声息。

"这是谁剥的鹅蛋啊？咦，这床上怎么还有一个？"父亲诧异地问我，我才想起来刚才何世泽只顾慌慌张张地躲藏了，忘了把鹅蛋拿走。我吓得吞吞吐吐，因为本来他就还躲在房间里啊。

"你说鹅蛋啊，刚才我回家拿的，就给了你家闺女两个。"我对面床上阿姨的丈夫赶忙解围道。"哦，那怎么能要你们的啊！"父亲憨憨地笑笑。

"爸，我渴了。"我抿一下嘴唇对父亲说。

"好，你等一会，我去给你找开水。"父亲说完就走了出去。

"泽，快出来，走吧！"我冲着对面床上叫着。何世泽慌忙从被子里面爬出来，一脸的通红，显然是刚才连闷带吓的了。

"快走吧，孩子！"对面床上的阿姨心疼地说。

何世泽感激地看着那一对好心的夫妇，向着我们挥了挥手，一溜烟地逃走了。

父亲端着一碗水回来了。"薇儿，水来了……"

看到父亲疲惫的身影，我心里很不是滋味，在心底我默默地说："爸，对不起！对不起！"

夜，又是夜！父亲已经疲倦地趴在床头睡着了。

这时谁的梦里，漫卷烟波，花落流萤。一声幽叹，无限的哀怨；织锦曲，唱挽歌。如果找不到最后的归宿，是否心中的梦想，就会像绝望的鸟雀退隐山林一样呢？

如果夜，躲在夜的影子里，我会看见忧伤的眼角残留的泪水。是否，我可以藏在自己的希望里，看见自己斑斓的梦？

我仿佛看见一片叶子匍匐在季节的边缘，努力找寻着渴望的归宿。

18 无休止的凉

　　我躺在病床上，辗转难眠。夜，被我的思绪拉得冗长。

　　与何世泽短暂的相聚，让我的心重新掀起海的波澜，我多想那样的时间能够停顿下来啊。如果那样就能够让你一直在我身边，我宁愿就这样病下去，我这无知的病体不要也罢。

　　绿浸薄衣寒，月染浓愁深。

　　多好啊，被你宠爱的每一个眼神，与你说过的每一句话。因你而萌生的痛苦、眼泪，以及所有的不幸，都将是我最大的幸福啊。

　　我多想携暗香挽流星，为你等断黄昏，为你耗尽今生。陌上花开，纤云飞渡。我又依稀看见了你的样子：纯真，烂漫，永恒……

　　整整呆在医院五天了，医生说，可以回家了。我像是被囚禁在笼中的鸟儿，终于可以飞翔了。

　　父亲用自行车带着我，一路上他骑车很慢。太阳很大，父亲摘下草帽让我带上："你刚好点，戴上帽子。"我听话地带上了草帽，看着父亲的脊背已经被汗水湿透了。

　　看到父亲吃力的样子，我真想从自行车上跳下来，父亲却执意不肯。回到家里的时候，天已经擦黑了。

家里面狼藉一片，母鸡领着小鸡把院里的柴禾拨得到处都是。我老远就听见爷爷奶奶又在吵架了。父亲推着自行车，我在后面像尾巴一样跟着。

我听到了，父亲无奈的叹息声和沉重步伐的相互煎熬。

"那个床单本来就是买给我的，你去问你闺女啊！"奶奶扯着嗓子叫道。

"是给我买的，我就不用问，你还给我！"爷爷暴躁的声音。

我看到哥哥好像什么事都没有发生一样，在烧着火做饭。显然对这样吵吵闹闹的生活已经疲惫了！

这样的吵闹在我和哥哥心里，早已留下了深深的阴影。

"他俩又怎么回事啊？"我问哥哥。哥哥看到我回来了，很欣喜的样子，慌忙往灶台里添了一把火说："还不是姑姑昨天来买了一个床单给他们，从姑姑走了以后，他俩就开始争来争去。"

"薇儿，过来让奶奶看看你！"奶奶听见我回来了，暂停了争吵，摆着手叫我。爷爷蹲在一旁也不吱声了。

我乖乖地来到奶奶跟前，奶奶那双干枯如老树根般的手，轻轻地抚摸着我。我看到她干瘪的眼睛，堆积的皱纹，忽然感觉是那样的心疼。十五岁的我，已经长得比父亲还高了。而奶奶小小的个子，是摸不到我的头的。我蹲下身去，看到奶奶尖尖的小脚和我家老黄牛头顶的角是那么的相像，而我竟然好像从来没有发现过似的。

"奶奶，你的脚多像黄牛头上的角啊！"我向来是没什么心眼，想到什么说什么的，就脱口而出了。然后我开始后悔了，我害怕奶奶该是一句，"怎么说话呢，也不能骂你奶奶是黄牛啊！"

没想到奶奶这次并没有责怪我，而是笑了："这孩子，奶奶给你拿好吃的冰糖，你姑姑昨天拿的呢！"说完奶奶就摸索着走进屋子，翻出一个很破旧的袋子，一层一层地剥开，从冰糖袋子里掏出几块冰糖："薇儿，拿着，吃吧！"

我接过冰糖把其中的一枚含在嘴里，一直甜到了心里面。我从没有感觉到奶奶这么慈祥呢。

哥哥做好饭了，我给奶奶端过去一碗稀饭拿了一个馒头，她吃得很香。爷爷还是很倔的样子，一个人端着饭碗坐到外面吃饭。

"我昨天就说，那条床单是我的，你爷非得说是给他买的不行，这个死老头子。"奶奶吃着饭也不忘了唠叨。

"干脆把床单剪掉，你俩一人一半算了。"一直没有说话的父亲怒道。

"你骂谁是死老头子啊，噢，什么都是给你买的，我的呢？"爷爷从外面端着碗回来了，冲奶奶叫道。

奶奶也不示弱一下子把碗放在地上："那你敢给我拿走啊？"

唉！好端端的一顿饭又被争吵搅和了。

我都不知道该怎么去劝他们俩。哥哥叹了口气说："唉！吃饭，吃饭，薇儿。"

看见爷爷和奶奶像两只斗鸡的样子，我心里真不知道是什么滋味。

月亮悄悄地浮在夜空中，静静地看着这一切。月亮，你可曾知道，我有多么向往你的安静。

争吵，这样无休止的争吵，我都记不清有多少次了，却总是在我身边不知疲倦地蔓延，蔓延……

我的心里灰蒙蒙的，像覆盖了一层尘土。我面对着这几张熟悉的面孔，我不得不成为他们，我不得不变得庸俗，我不得不让他们那种乐善好施的眼神在我的血液中生存，汲取着他们供给的"营养"。这个过程那么不可抗拒，各样的事情发生着，那样的无声无息，那样的无时不在，那样的渗入骨髓。我们穷啊，穷得没了尊严，没了廉耻，没了活着的目标。

我睡下了，黑暗里还有争吵的声音，断断续续地传来……

我渐渐感到自己心灵的园子，在一点一点地荒芜。而何世泽你知道么？我们虽然没有任何的约定，或者没有任何通往光明的未来，可是在我内心最深处早已把你当成我的所有了……我还不懂得怎样去珍惜，不懂得什么是失去，我就这样一天天地长大了，和你一起慢慢长大了。

桂冠荣衔，功名利禄，又是什么呢？因为小，我们永远都不想知道这些，简简单单多好，多好啊。可是我们却总是被大人们老师们反复地灌输着这种思想，渲染着这样的目光。这一切都是为什么呢？可是所有的人都是这么活过来的，无一例外。除了你。

而我却逐渐变得庸俗。我讨厌这个村庄，讨厌这里的人，讨厌自己，我在慢慢远离你么？而答案永远只是沉默，死寂般的沉默。

我放纵着自己卑微的欲望，我开始在丑陋和贪婪之间反复徘徊，我想听大人的，我想考上大学过上所谓的幸福日子。我多想极力从这样贫瘠的心灵中，剥离出这种人格浸染的腐蚀和污垢，我多想看到自己污血乱流的样子。然而却不可能了呀，那些东西拼了命地挤进我的骨头里，细胞里。那样无休止的凉，无休止的凉啊，这不是冬天，我不能不提醒着自己。

我痛恨自己为什么在一天天的长大中蜕变了啊。我多想如从前一样无忧无虑地活着，爱着自己，爱着这个村庄，爱着这里的一切啊！

这些都是我一个人的错么？我不知道，我只会怪自己，残忍地痛恨自己。

19 一语万年

我想不明白，为什么人越是长大，心就越是空虚呢？时间究竟是什么呢，是毒么？如若不是，我的忧伤此刻为什么如此安静？如若不是，渺小如一株蔓生植物的我，怎么开始想要整个森林，甚至想要虚无缥缈的青天呢？

如果最终我必将是痛苦的，最终我必将失去最爱，那么这一切又都是何苦呢？

夜，冰凉冰凉的，我似乎忘记了你，似乎忘记了那无言的泪眸相视。可是，一直留在我记忆里的那两个纯真孩子却谁也不能拿走。

我该悲哀么？

该悲哀这样的自己被一个人珍视，被一个人义无反顾地爱着，又被世俗无情地束缚、肢解么？是的，我是悲哀的，我贪恋你的眼神，贪恋不可企及的梦幻。看见你时，我的慌，我的乱，谁又懂？苦苦逃避，苦苦思念，一直在靠近，一直又在远离。

如果时间是毒，那么你就是我的毒，我想，我已此生黯然。那么我呢？我是你的什么呢？我只是一枚你痴痴等待、却无奈凋谢的花朵，是么？

整整一个星期，我都没有到学校上课了。今天上午又上代数课，本来代数成绩就不太好，这下更是糊里糊涂。老师布置下作业就走了，我看着那背影，一片茫然。

真想回头看看何世泽，心里的另一个声音却告诉我："不能，不能！不要再影响他。"我心里知道用不了多久，只要回到家我就该后悔了，却仍然坚持着不看他一眼。好像在医院里温馨的一幕，不曾发生过。

我知道，我是个懦夫，软弱的灵魂终究无法冲破封建世俗的薄雾。

悲哉，呜呼！

同学们的作业都做完交给班长了，我还在为一道题愁眉苦脸，钢笔都被我咬出牙印了。

"薇儿，让我帮你讲一下吧！"啊，是何世泽熟悉的声音。瞬间，我的心莫名地开始狂跳。是的，是那样控制不住的狂跳。

我无力拒绝。对他，我永远都是无能为力。爱也不能，恨也不能，而疼痛却渐渐刻骨铭心。

我转回头将作业本给他，禁不住深深地与他对望了一眼，这种感觉足以让我心碎，心醉。他的眼眸依然那样纯净如诗，深情似水。他低头给我认真地讲解着，我闻到他头发里的清香。

就这样，何世泽一直把老师布置的作业给我讲完，然后伸了个腰说："丫头，不会了以后问我啊。"我一下脸红了，他并不是第一次这样称呼我。"谢谢你！"我小声地说。"谁要你谢啊，怎么越来越客气啊！"

我羞涩地看了他一眼，转过身去。

放学了，同学们都走了。今天偏偏轮到我和同桌值日打扫卫生。我和同桌分工明确，一人打扫一半教室。我把板凳一个一个都放在课桌上，开始打扫卫生了。却看见何世泽磨磨蹭蹭地没有走，刚开始还坐在座位上，后来就又跑到黑板前面了。我同桌小声地对我说："何世泽怎么还不走啊，是不是想帮你扫地啊！"我一听，脸刷地红了："你想多了。"

我一边扫地，一边忍不住望了一眼站在黑板前面的他。

我看见他在黑板上写了一行字："等你一万年！"

那一刻，我感到自己的心跳是那么的剧烈。我的震撼，我的感动，都充斥着我瘦弱的爱恋。

我没有听过雨霖铃，柳永酒后的挽歌；没有体会过陆游沈园里的断肠；而此刻，我却懂得了鹊桥仙，秦观殷切的等候。如我，如你，万年不息的爱情……

因你，我仿佛看见夕阳四垂，看见时光的衣裙，翩然起舞……

我不知道是怎样把教室一点点打扫完的。何世泽已经走了，只留下那行漂亮的字迹。

回到家里，我真的是失魂落魄，不知道该怎么面对。明明不能这样沉陷下去，可是到现在我对自己的提醒多么无力。这样的情绪，怎么能够迎接快要来临的考试呢？

今夜，丁香与紫罗兰的缱绻，古堡与落日的对峙，谁是彼岸最后的守望者？春蚕与红烛的并蒂，谁是梦境里恒久的暖？义无反顾，是否就可以与那永恒的眼眸相依为命，从此不再两两相望？

繁星点点，秋水弯弯，可曾掩藏着炽热如火的思念？爱情里流出的是苦难么？而苦难，而苦难疼痛如网……

　　夜已经很深了，我依然坐在冰凉的板凳上看书。我知道坐下来那么久，真正认真看书的时间并没有多少，脑海里一直被一个影子占据着。直到我翻开日记，并把它一点一滴地储藏到日记里。

　　"薇儿，怎么还没有睡啊？都几点了？"父亲叫我了。呀，刚才我竟然趴在桌子上睡着了。我分明闻到一股刺鼻的糊味，我一摸自己额前的头发，哎呀，自己睡着的时候，竟然把头发烧掉了一些。而那只落满污垢的煤油灯，还在顽强地持续着它仅有的光线。

20 与你追梦

明天就要参加考试了，这次考试决定着我们能否考上一个好的高中。本来同学们家境都不太好，如果这次考试不行，几乎就只有一个命运，那就是辍学。有谁愿意放弃这样的机会呢？面朝黄土背朝天的日子，父辈们都过怕了，那么我们呢，我们只有紧紧抓住仅有的一线希望。

同学们都在紧张地看书，做习题。我也不例外，拼了命地学习之余，却不忘记想起何世泽。而他又何尝不是呢？

我想念何世泽，虽然他就默默地坐在我身后。可是我总觉得，我们快要经历一场生死离别似的。这种弥漫在心头的伤感，挥之不去，纠缠不清。

我的心依然灼热，依然迷惘，依然伤悲，依然孤独。

夜晚，依然在梦里反反复复喊出何世泽的名字。

生生地强忍着，不去打扰你安静而坚硬的生活。不忍心也不能够。我一直是这样想的。

我依然深情地望着你，试图将我身上从你那里拿来的阳光鳞片还给你，这样，你一个人的时候就忘记了冷。好么？

　　我多想给我忧郁的眸子里盛满诗意的水，从最高处的云端，一滴一滴地放进你的胸膛。我要做你，永远的筋络或者一句诗行。

　　蹁跹思绪的飞扬，连同看书习题，直到很晚我才迷迷糊糊地睡着了。是的，这样是无法专心读书的，可是我根本无能为力。

　　第二天，父亲早早起床做好了饭，我匆匆吃了馒头就拎着书包准备去关庙镇上考试了。父亲从身后撵上我："薇儿，拿着，爸专门给你做的煎饼，中午饿了吃。"父亲递给我一个纱布缠裹着的小包。我不知道从什么时候，渐渐懂得了虚荣。看着那个装有煎饼却脏兮兮的小包，我不耐烦地说："我不拿，人家都不拿的。"然后，扭头就走。

　　"薇儿，拿着！"父亲在后面叫着我。我倔强地假装没有听见。

　　"薇儿，等等！"是哥哥的声音。我回过头去，看见哥哥拄着拐杖，那条悬空的腿摇摆着。

　　我小跑着来到哥哥面前。

　　"薇儿，这次考试你一定要好好发挥啊，哥哥可是等你的好消息哩。""嗯，我尽自己最大的努力吧。"我知道哥哥那句话的分量有多重，哥哥为了让我上学，自己却辍学在家了，我如何能辜负他用心良苦的期望呢？

　　"薇儿，把煎饼拿上，爸一大早就起来给你做，你怎么能不拿呢？"我听话地接过哥哥手中的煎饼。心里面暗暗发誓，一定要考出好成绩，不能让哥哥和父亲失望。

　　"给，中午想吃点什么，再买点！"哥哥从口袋里摸出几张皱巴巴的钱给我。我硬是不要。哥哥说："拿上，不然哥哥要生气了。"

我接过那 3 块钱，捏在手里，感觉是那样的沉重。我知道在这个破烂不堪的家里，我的努力意味着什么。

按照昨天班主任老师安排的，所有的同学都已经早早来到了学校集合。此刻，同学们喧哗成一团，都在商量着怎样去关庙镇上。一多半同学都没有自行车，有的有自行车却不会骑。

老师挥舞着手臂说："同学们，安静！安静！大家都想办法凑合凑合，好歹把这一关过去。"瞬间，同学们又喧哗成了一片。

我从一来到这儿，就不断地在搜寻何世泽的身影。而我始终没有看见他，他怎么还没有到呢？我心急如焚。我担心，他有什么意外的事情或者他赶不上我们的队伍。

一会的工夫，同学们都找好了结伴而行的人，有自行车的带上步行来的。而我却傻傻地站在那里。

我并没有忘记自行车的事，昨天刚放学回家我就已经看过了，家里唯一的自行车坏了。父亲很是着急，我安慰父亲说，没事，我可以找个人一块去的。结果，现在自己却形单影只的落下了。老师带上我们的班长，大家准备开始出发了。我急坏了，这可该怎么办啊？

忽然，我看见，何世泽慌慌张张地骑着自行车过来了。我刚才为他的担心一下子消融了。

"薇儿，我，我来晚了，我骑车带着你吧！"何世泽满头大汗，把自行车停放到我旁边，气喘吁吁地说。

"嗯，你怎么才来呀！"我红着脸低下头，从舌尖费力地挤出这句话。

　　我分明看到他眼神中的满足和欣喜："刚才跟俺爸吵了一架才跑出来的！"

　　"为什么啊？"

　　"因为爸说只给我这一次机会，考不上重点高中，就给我在家娶媳妇早点抱娃娃！"我"噗嗤"一下笑出声来："那你就听你爸的，不要考学了，在家娶媳妇呗。"我心里酸酸的。"我才不呢，我干脆做和尚算了。"他宁愿说成做和尚，都不说那句话让我听。纵然如此，我心头依然是暖暖的，像覆盖在整个春天里一样。

　　开始启程了，同学们排了一个长队。一个同学骑着自行车带着另一个同学，因为都是土路不好走，大家像蜗牛一样缓慢地前行着。何世泽骑自行车带着我，走在队伍的最后面。那样迷醉的感觉，让我不忍睁开眼睛，是梦么？还是真实的幸福呢？

　　忽然，自行车猛地颠簸了一下，我吓得睁开了眼睛。"呀，薇儿，扶好我！路不好走呢。"何世泽吃力地骑着车子，对我说。

　　"嗯！"我应着。眼前的一切告诉我，这不是在做梦。多么真实，我曾经幻想过千百次的相守啊。

　　我轻轻地抓住他的衣角，我的手分明在不听话地颤抖着。我感觉到他也同样的紧张，他背上的肌肉也在颤抖。那是一种什么样痴迷的感觉，我无法用干枯的文字表述出来，那样的美好和神圣……

　　我突然爱上了这些沟沟坎坎的小路，爱上他亲口说的每一个字符，爱上活着的所有。

　　那些绿色的树啊，那些漂浮的云啊，都在召唤我呢。它们多么轻柔，而此刻的我，又是多么的温暖和幸福啊。

　　我在你的身边，在幸福的中央；在水之湄，弃孤独于红尘之外。就这样吧！就这样凄美地谢幕吧！我是这样想的，这样多好，多好呀！就让你载着我冰冷的身体，载着我流泪的梦境，永不停息。

　　从来没有感觉到，时间竟然过得如此飞快。转眼就到了关庙镇上考试的学校门口，班主任老师让我们把自行车都归放在大门口旁边。然后领着我们走进了学校。何世泽看着我抿嘴一笑："薇儿，加油！"我深深地点点头。

　　不知道考试的结局如何，我们怀揣着梦想走进了考场。

21 咫尺天涯

　　考试结束了，走出考场，同学们紧张的情绪，算是慢慢放松了下来。大家聚在一起，各抒己见，不断地讲着刚才的考题答案，有人欣喜地叫着"对了，对了"。有人拍着腿叫着"哎呀，答错了，真后悔"。

　　……

　　"薇儿，你感觉试题做得怎么样？"何世泽看着我问道。"我还不知道呢，还行吧。你呢？"我小声地说。

　　"我也是，还不知道呢，你说还行，就一定可以呢！"何世泽一脸纯真的笑。

　　该吃中午饭了，同学们都三五成群地去吃饭了。有的同学和我一样，家里给准备好吃的东西。因为下午还要考试，有的同学坐在台阶上，一边吃东西一边看书。

　　我把父亲给我做的煎饼拿出来，递给何世泽说："世泽，吃吧，我爸专门给我做的呢！"何世泽轻轻捻起一片饼，放到我的嘴边，调皮地说："几年没有喂你吃东西了，快吃吧。"我卷起饼，幸福得不成样子："好像我是你养大的似的，我怎么就不记得呢！""你呀，真的忘了啊，小时候我经常把家里好吃的留下来给你，你就是像这样张着嘴巴叼走啦……"

我羞涩地笑着，真的好久都没有这样开心地笑过了。

我们慢慢地吃着煎饼，小心地享受着那样短暂而温暖的时刻。多年后，这一幕时常在我用餐或者准备用餐的时候回想起来。只是，我再也没有吃过那么好吃的一顿饭了。我常常感叹那一去不复返的时光，感激有他陪伴的日子，虽然那些美好早已在黄昏中飞散。

没有人注意到我们两个孩子，静静地坐在墙边的一角，享受着莫大的幸福。何世泽深情的眼神不时与我的眼神相遇。我依然感到紧张，依然是一副很羞涩的样子。这样的情景，我不知道在梦中重复过多少次。而每一次梦醒后，除了无限的惆怅和迷惘外，再没有什么痕迹了。

我们如雪花般纯洁的梦想，究竟会持续多久呢？那一刻，我不想知道。而你毕竟真真实实地呆在我身边，那样近，又那样远。

我和你，咫尺又天涯。

考试的铃声响起了。同学们又纷纷投入到下一场"决赛"中。

这次考试结束后，我从陆陆续续走出来的身影中看到何世泽向我挥着手。我想，他应该发挥得不错吧。我的眼神忽然被一个背影拦截了，是她，洁。

洁背对着我，站在何世泽面前，不知道他们在说些什么。不知道为什么，我的心突然一阵难以言喻的压抑、疼痛。是的，我不得不承认，我嫉妒洁。我明明知道自己与何世泽，因为重重的阻力，最终是不可能的。可是心里还是自私地认为，他是我的，是我一个

人的。

我看见他俩谈笑风生的样子，心里难过死了。我不恨何世泽，却恨洁。

何世泽的眼神往我这边看过来，我赶紧掩饰自己的慌乱，将头扭向另一个方向。假装无所谓，假装什么都没有看到。

他俩说笑着走到我面前。我故作洒脱地笑着说："是不是都考得不错啊，那么高兴。"

何世泽说："还行吧，洁这次肯定能考上重点呢！"我心里马上酸酸地像被拧了一下似的，不想再多说一句话。我当时看洁的眼神肯定是敌对的、冷漠的。虽然我尽力地在掩饰自己的心酸，那是无法掩饰的慌乱啊。在心底，何世泽就是我的英雄，就是我的，我一直这样自私地想。

老师开始召集同学们回家了。大家推着自行车开始上路了，我故意磨蹭着走到最后面，不搭理何世泽。

"薇儿，坐上，走啊。"何世泽叫我了。

"我不坐，我就这样走着，你自己走吧。"我撅着嘴生气地说。

"怎么了，薇儿，我哪里得罪你了。"何世泽推着自行车靠近我，一头雾水地问。我一看他真的不知道自己犯了哪条。心里马上就软得像棉花："没有呢，我坐上就是了。"然后，何世泽骑上自行车，我乖乖地坐在他身后，轻轻地抓住他的衣角。从我们身边掠过的风多柔软啊，燕子的呢喃是多么动人啊！

同学们骑车回家的队伍，依旧是长长的；依旧像蜗牛般缓慢。只是少了早晨去参加考试时的紧张心情而已。

何世泽骑着自行车，那么缓慢，那么优雅。我们依旧行走在队伍的最后边。

是的，他骑车的速度很慢，很慢。也许是因为小路沟壑不平太不好走，也许是我们都想让这样的时刻能够多一点点，再多一点点。

我听到，从他嘴里飘扬出来的口哨声，我有多久没有听到了啊！多么优美的天籁之音啊！我沉醉了，在那潇洒的口哨声中，我多想不再醒来……

真快，我们已经来到村口了。美好的东西为什么总是匆匆而过呢？我一直不明白。

我轻轻地下了车子，他也下来了。他推着自行车，眼睛却不住地望着我。

"薇儿，不敢坐了啊？"何世泽问我。

"嗯，怕。"我低着头，看见自己的脚尖缓慢地向前移动着。

我们谁也没有再说一句话。

村子里的街道上总是蹲着些闲聊的人。我故意放慢脚步，离他越来越远。他是懂我的，他怎么能不懂呢？我要拐进我家的小巷了，他回过头，我们深深地对望着，直到从彼此的视线内慢慢地消失……

回到家里，父亲已经在准备做晚饭了。

"考得怎么样啊？"父亲问我。我拉了一条板凳，坐在奶奶对面说："我也不知道，应该还行吧。"

其实，我一直心有余悸地担心父亲问我，是怎么去的关庙镇。还好，父亲并没有追问我是怎么来去的，因为家里繁琐的事情多，他好像已经忘记这件事了。

坐在院子里，吃晚饭的时候，家里来了两个神情焦急的陌生人。

"她哥，你去看看吧，你妹妹喝农药了！"

父亲一看是姑姑那庄的人，慌忙问："前天来这儿还好好的，这是怎么回事啊？"

"还不是和她婆婆吵架了，你妹夫打了她，她就喝农药了，这会还在集上的诊所里呢。"

父亲听完把碗往地上一放，又气又叫道："哎，整天就没有个太平的日子，我去看看！"我和哥哥也不吃了，紧紧地跟在父亲的身后。

到了诊所，我看见姑姑凌乱的头发下死人一样惨白的面容，还有她的眼神，空洞的、一无所有的眼神。她手上扎着的吊瓶里的药水无声地滑落。奇怪的是我本应该是悲伤的，可我心里硬是平静得要命，看着躺在床上的姑姑和沮丧至极的爸爸。我脑子里空空的，好像不曾看到眼前的一切。姑父还在嘟嘟囔囔地抱怨着。我不屑地看着姑父，不知道该说些什么，姑姑已经这样了，他还在抱怨。

姑姑醒了，一眼看见了我们，一下子放声大哭起来。她那披头散发的样子和撕心裂肺的哭喊，让我有种说不出来的怜悯和悲哀。

父亲心疼地安慰了几句，又责怪地叮嘱姑父，要他好好照顾姑姑。姑父倔强地说，都是她自找的，要死还不死掉！父亲没好气地说，你看看你，怎么能说这样的傻话呢？

我怔怔地看着姑父眼神里流露出来的冷漠，心里不知道什么滋味。

我们要回家了，姑姑哭着死死拉住父亲的衣角："哥啊，你别走，我怕他还会打我啊！"

"妹子，以后多忍让点，别动不动和家里人闹别扭。"父亲转过头又说姑父："你呀，不要总是那么犟，不管她怎么错，你动手打女人也不对……"

这次，姑父低着头没有吭声。

最后，我们在姑姑的抽泣声中走了，因为家里还有一大堆事儿。

那天夜里，我仰望着天空，迷惑地思考着人为什么要活着？而且痛苦地活着？

我又想起了他，何世泽。

就像今夜穿过你的夜晚我的思念，就像今夜穿过你的眼睛我的忧伤。夜，已沉默，风，却沧桑……

如果今生的我，注定要在没有你的岁月里窒息，那么，在这片多情而无情的土地上，谁能给我你的款款深情？

点点星光，飘零梧桐庭院相思无边；

青阶花冷，我在清幽梦里心碎神伤。

22 等到花儿都谢了

考试已经过去了，接下来就是等待结果了。每个人都能意识到不久的将来我们将各奔东西了。一种难舍难分的离情别绪在班级里蔓延着，平常吵吵闹闹的同学这几天也尤为安静。

班主任老师积极地组织同学们举办毕业联欢晚会了。

老师给我们每个人发了一本崭新的留言册。写上自己的名字，让留言册在班级里传递，不断地会有同学在上面写着离别的留言。

而我最期待的就是能拿到何世泽的留言册了，我有好多好多话想说给他听。我的眼前不断传递过来一些同学的留言册，我不住地给他们写着祝福话语或者难舍的心情。而我却一直没有等到他的留言本。

何世泽就坐在我身后，其实只要我说一句想要看他留言本的话，根本就不是问题，只是我没有那个勇气。

一句话，其意尽然 "此情可待成追忆，只是当时已惘然"。

我的留言册被传回到自己手里的时候，我马上找寻一个名字——何世泽。每页都翻遍了，却没有看到他的名字或者笔迹。说实话，我已经无心看其他同学的留言了，心里不由得很是失望，沮丧。

我总是害怕，我们再也没有机会，我总是害怕一切都已来不及。我心里好难过啊。我稍微倾斜身子，用眼角的余光偷偷看他，我看到他正在认真地给某个同学留言呢。泽，你知不知道，我总感觉我们真的来不及了，我好想这样一直看着你。

我一直在默默告诉自己，多一些勇气，再多一些勇气。我终于突破了我自己。回过头去，怯怯地挤出一句话："泽，你给我留个言吧！"我把自己的留言册递到他手中，缩回的手却在颤抖。"哦，好，我给你留言。"他也是很不自然地回了我一句，接过我的留言册。多年后，我还在为自己忽然的勇气而感动着。

遗憾的美好，也许永远悠长于圆满的结局。

我在静静等待，等待他隽永的文字，等待他为我留下最永恒的一笔。他会给我写点什么呢？不知道。却控制不了自己不安的猜测。

"薇儿，给你！"何世泽轻柔地叫我，我回头深情地看了他一眼，接过留言册。他的眼眸一如我眼眸里的灼热，我的心狂跳不已。

我无法掩饰自己内心的慌乱。我俯身在课桌上，用双臂把那留言册圈在其中。小心翼翼地翻看着，当他熟悉的字迹映入我眼帘的时候，我的泪水一下子莫名地涌了出来。这简单的几行字在我心里有多重要啊："薇，面临毕业，等待我们的也许只有分离；窗外的阳光照耀着我们，永远不会忘记天真的你！我诚挚地祝福你，一路顺利，早日踏进理想的学府。何世泽。"

在我还来不及擦干眼泪的时候，有几个字已经被眼泪洇湿了，我好心疼啊。我紧紧地将沾满深情的文字揢在胸口，紧紧地咬着嘴唇，生怕自己会一下子失声痛哭。

同桌问我："薇儿，你怎么了？"我强装笑颜地说："没事，有点胃疼了。""那要不要去买点药啊？"我感激地看着她："谢谢，我没事的。"

毕业联欢晚会开始了（因为条件有限，毕业晚会很简单）。刚开始是班主任老师致辞。之后，同学们就开始按照事先安排好的一些节目，即兴表演了。我是属于五音不全的一类，也比较羞涩，所以除了勉勉强强唱了一首歌之外，就再没有上台了。我唱的那首歌名叫《祝福》，虽然唱的很糟糕，我还是看见何世泽拼命地在为我鼓掌，同学们也都跟着鼓掌了。那一刻，我感受到了同学之间浓浓的友情，感受到了活着竟然如此的温暖和美好。

何世泽上台了，此刻的他比以往任何时候都要深沉，帅气。我痴迷在这如梦如幻的感觉里。

他的歌声与他的口哨声一样，那么优美，耐人寻味。他在唱一首《我等的花儿都谢了》的歌曲。他深情地唱着，眼神却直直地望着我。我坐在前排，我看到他火焰一样的眼眸在肆意地燃烧。

他依然深情地演唱着：

> 旁人来静静地看我到底哀伤等什么，
>
> 旁人来回关心中安慰爱已没结果，
>
> 热烈的开解一生等你也是奈何，
>
> 仿佛我在拼命要稀罕援助，
>
> 旁人来静静探听我昨天哪里出错，
>
> 何时重逢迷失中飘起这首歌，
>
> 是旧日执着的某个故事，

可惜这份信念到今天多么无助，

曾天天真真的你爱假想某日离别后，

如孤孤单单的我是否等你就似这歌，

而飘飘忽忽的你，真的决定离别后，

留下空空虚虚的我，估不到结局就是这歌，

你知不知道，你知不知道，

我等的花儿也谢了，

你知不知道，你知不知道……

我分明看到他噙满泪水的眼睛，就那样直直地望着我。我是怎样的感动和心痛啊。那么多双眼睛的注视下，他的一双泪眼却一直缠绕着我。那是怎样的一种痴情和忧伤啊！

我不知道，我怎么会不知道！

23 悠悠离愁

何世泽的一曲《我等的花儿都谢了》唱完了，台下的同学们报以热烈掌声。所有的眼睛都看着他，震撼地看着他。而他的眼神却只给我一个人。他轻轻地在我对面不远处坐下来，就那样一直深深地注视着我，注视着我……

我的眼睛早已经湿润了。

泽，我一直都是懂你的啊，你的深情我何尝不知。我不能不想你，我害怕，内心思念的城堡迟早都会决堤；我不能不想你，我害怕，下一秒如梨花般凋谢的那个人会是我。

是的，在同学们的众目睽睽下，我无声地哭了。因我的泪水，窗外的花儿谢了，归来的燕子醉了，风中的夕阳老了。我是你的，是你前世预定的疼痛与苦难；我是你的，是你今生放在掌心，一圈一圈重叠的伤痕，我是生来就陪你游遍蓝天的女娃。我是你的，从小就是。你是我的全部，是我欲罢不能的王子；你是毒，是血，是劫；是滞留在我今生的噬心回声！

我分明是清醒的，理智的。慌乱中，我用手擦了一下眼睛，竟然逃也似的离开了座位。我拼命地奔跑在田野上，我想大声喊出一

118

个名字，把所有的忧伤都抛掉，可是我最终没有。我生来就是安静的、矜持的，那么就让我在安静和矜持中窒息吧。

夕阳，在我湿透眸子的时候老去，泽，你可曾知道？此刻，它在一点一点地消散，天空恢复了惯性的空，在我头顶默默地看着我。

我不能抬头，我不能。所有的明亮于我都是一种盛大而沉重的悲伤，让我窒息而彷徨的悲伤。我亦不能喊出你的名字，我不能。所有的言辞都已经冰冷，死寂般的冰冷。

我失魂落魄地回到了家里。机械地压着水井，准备做晚饭。

"薇儿，我和你说话，你没有听见啊？"是哥哥在叫我。我半天缓过神来说："什么事啊，你再说一遍。"

"爷爷肺病发作了，很厉害，爸爸把他送到关庙镇医院里了，到现在还没有回来。"

我心里一沉："哥，咱俩去不去？"

"你俩去干什么啊？如果他今儿真是断了那口气，那就是老天爷该把他领走了。"奶奶莫名其妙的话，让我和哥哥吃惊的四目相对。"那就先在家等着吧，咱去了也没用。"哥哥说完，拖着那条悬空的腿，烧火去了。

我心里阴冷阴冷的，身体好像没有一点温度。

我刚刚做好晚饭的时候，就听到外面一阵嘈杂声传来，"慢点，慢点……"我看见一群人涌进了院子里。几个邻居七手八脚地抬着我爷爷，有人喊着，让开点，让开点！一些小孩子嬉皮笑脸地往人群里边钻着。

我拨开人群，看到了奄奄一息的爷爷。他干瘦的脸颊堆积着刀刻般的皱纹，发黑的嘴唇半张着；他僵硬的眼神直直地看着我。

"爷爷！"我悲切地叫了一声，泪水顺着脸颊滚下来。

爷爷好像没有听见我的呼唤，他没有任何反应，眼神依然僵直得吓人。"薇儿，你爷爷恐怕要走了，你先到旁边去。"父亲沉重地对我说。我低着头穿过人群，不安地依偎在奶奶身边。我好害怕，爷爷的眼神空得象个孤独的瓶子，我怕，我想起来就怕。

一家人都沉浸在无助的悲痛之中，我们都在为一个喜怒哀乐黏在一起多年的生命而难过，这种陷入死亡阴影的恐慌，让这个小院子充斥着挥之不去的阴霾。

我心疼父亲，他有点失去了冷静，背着双手，在一个地方反复地踱着步子。我佳眼的奶奶，用她那双干枯如老树根般的手，紧紧地抓住我的胳膊。她喃喃地说："老天爷该把你领走了，领走了就不用再活着受罪了。"我感觉到奶奶的手在不停地颤抖，颤抖。打打闹闹一辈子，到这会奶奶还是很难过的，如若不然，她怎么会像念经一样不停地目语呢？

人群渐渐散去了，父亲守在爷爷的旁边，让我们几个回屋睡觉。我睡在奶奶的身边，听着她喃喃地自语，我听不清她在说些什么。我忽然想起了何世泽，泪水不能自抑，哗哗地涌了出来。父亲和哥哥都那么伤心，一家人风风雨雨，相依为命地过了这么久，其中一个忽然毫无知觉地躺在床上，等待死亡，大家于心不忍啊！

不知道为什么，我总是想着这次毕业后，也许我与何世泽就再也没有机会在一起了，再也不能看见他了。那么我要是见不到他，又和爷爷的死亡有什么区别呢？没有区别！我不能，我不能看不见他呀。我的家人，何世泽，在我心里都是无比重要。

我要的不多，我只要我们一家人能够天天在一起，就已经很好了。可是生活要的却太多了，生活却要让人生离死别。

我不记得自己是什么时候入睡的。第二天，我醒来的时候，小小的院子里已经挤满了亲戚邻居。整个空气中，到处弥漫的都是凄裂的哭叫声。

有人给我脖子上围了一块白色的布，我看到哥哥头上也带了块白色的布，还有父亲，我的亲戚们都是这样的。我看见爷爷，僵硬地躺在堂屋的蒲席上。死亡的过程如此安静凄凉。

我的两个姑姑跪在地上，一边磕头一边号啕大哭："……你没有过上一天好日子啊……就这样走了啊……再也见不着我的爹了啊……"父亲不住地流泪，却始终没有哭出声。

有人把爷爷像装货物一样，装进了黑黑的棺材里。我看到那个庞大漆黑的木头，有一种说不出来的憎恶感，不仅仅是因为它装走了我的爷爷；它同时装走了一个孤独的孩子对生命的迷惘。

父亲把家里唯一打鸣的老公鸡杀了，褪净鸡毛后，把它放到一只瓷碗里，再供奉到爷爷棺材的最前方。我悲伤极了，爷爷生前都没有能够好好吃上一顿肉，而现在爷爷终于可以安静地享用了……

在出殡前一天守夜时，我和哥哥静静地坐了一夜。那盏明灯在黑沉沉的夜里摇曳，俗话说"人死如灯灭"，死了，就什么也不是了，什么都没有了。

我说："哥哥，你怕么？""我不怕，我希望薇儿以后能过得好，我什么都不怕。"我沉默，哥哥有多疼我，我心里是清楚的。

爷爷被埋进了田地里，埋在了他生前最喜欢的那块田地里，是哥哥坚持把爷爷里在那里的。哥哥说，爷爷早就说过，这块地离家近，他的魂魄，要是什么时候回家方便些。

爷爷走了，我们家里只剩下爸爸、奶奶、哥哥和我了。

日子还在一天天地过着。我以为，我能把何世泽忘记了。所有的痴，所有的苦，只是虚拟吧，被时间轻轻地一碰就碎了。可是，他早已经真真实实地烙在了我心上。

24　**面朝伤悲**

放暑假了，同学们都在家里等待着考试的结果。

我有时会去田野帮父亲拔草，而每次我都希望在出门的时候或者是田地里遇见何世泽。

太阳炙烤着大地，我带着父亲的草帽，跟在父亲后面拔草。一会的工夫我就热得受不了，赶紧跑到地边的树荫下凉快去了。而我的父亲和哥哥，一个上午都在地里蹲着拔草。

头顶的骄阳，依旧似火。

那天从地里回来的时候，我在父亲和哥哥的身后走着，忽然感觉到迎面走来一个熟悉的身影。我怔住了，是他，何世泽。我的脚步不听话地停住了。他好像也是一下子愣在那里，空气瞬间凝固了，我们深深地注视着对方。

沉默，又是沉默，谁能够在沉默中聆听到一朵花的相思？千头万绪，愁肠百结……

白桦树，萤火虫。是否我在思念中耗尽青丝后，再也找不到那一个古老的梦想？甚至冬天的黄昏，甚至雨中的彷徨……

从前，现在。思念的痛苦，攀爬上未知的小路，追问……是否想你，

就像飞蛾扑火，在一次完整的相遇之后，化为灰烬，入土为泥？

我和何世泽就这样对望着，忘记了说话，忘记了身边的一切。

"薇儿，你也去地里了么？好几天都没有见到你了。"何世泽声音轻得像风，局促不安地搓着手。

我羞涩甚至有点慌乱地说："嗯，是好几天不见了。"

"薇儿，怎么还不走啊？"父亲转回头故意大声地叫着，我知道父亲有点生气了。"哦。"我冲着父亲答应了一声，就径直跟着父亲走了。我想，他一定还在望着我的背影吧。只是，我再没敢回头看他一眼。

我们住的距离其实并不远，我们却一直不曾再见面，直到整个暑假都快过完了。返校的时候大家都在讨论着考试的结果，我却心不在焉地搜寻着他的身影。远远的，我看到他向我跑过来。

我心头忽然热热的，像旷久归来的阳光。

"薇儿，好消息呢，你考上重点高中了。"何世泽一脸兴奋的样子。

"泽，真的么，你呢？"我禁不住欣喜若狂。

"是真的，我得准备复读了，我不想上普通高中。"何世泽的眼睛一直看着我。我的心里顿时灰蒙蒙的，说不出来的难过。如果没有我，如果不是我，也许你会如愿以偿地考上重点高中吧。那一刻，我无力阻止自己的自责和失落。

我真的好想对他说些什么，有句话一直哽噎在喉，却始终没有勇气说出来。他欲言又止的样子，让我揪心地疼。终于就此别过了么，终于你还是你，我还是我么？是的，我们是不可能的，原本就是不可能的。我为什么还要如此贪恋着呢？像一枚楔入灵魂的不锈钢钉子，你，一直让我无能为力。你知不知道？

从学校回家的路上，我们一前一后地走着，谁都不说一句话。

都忘记吧，全部都忘记吧，也都不再受苦了，让爱腐烂了吧，让青春就此燃烧掉吧，我言不由衷地在日记中写道。

只要你还记得我，只要你仍然坚持，我的相思不会先离去。不在乎时间、距离。如果你忘记了我，如果你不再坚持，我也会永远爱着你。哪怕，所有的一切只是一个悲剧，那么，我也要固执地添上隽美的心语，给所有的无奈矫饰一个凄美的妆容。以爱的真谛。我亦在日记中这样写道。

离开学的日子越来越近了，我心里的恐慌也越来越真实。我害怕那些没有何世泽的日子。

我整天坐在院子里，要么看书，要么听聒噪的蝉鸣；更多的时候却是一个人静静倚在玉兰花旁边想念。

我依然是孤独的，忧伤的。这样的感觉不但没有改变，相反的却在日益加重。我在试图争取什么呢？坚定的梦想，无瑕的爱情，还是孤独的生命？我不知道。虽然幸运地考上了重点高中，可是我仍然活在矛盾和痛苦的边缘。

奶奶的身体一天不如一天，瘦得皮包骨头。爷爷走了，没有人再和奶奶吵架，可是她却整天萎靡不振地躺在床上。

奶奶总是一听见个动静，就开始叫喊："是谁啊，咋不说话。"

每次她听见我从她旁边走过时，就会马上虚弱地喊着我："薇儿，过来，来，陪奶奶说说话吧，奶奶急得慌。"然后我就在她旁边静静坐下来，她那干柴似的老手紧紧抓住我，生怕我忽然就会离开她。

奶奶其实比我更加孤独，是我多年后才懂得的。

"薇儿，奶奶不想让你去县城上学啊，你要走了，奶奶连个说话的人都没有了……奶奶急得慌啊……活着，受罪啊……"奶奶说着，干瘪的瞎眼睛竟然流下了眼泪。我心里酸酸的，替奶奶难过。

"奶奶，你要好好的，等我毕业了，有了工作，一定要让奶奶过几天好日子。"我抓住奶奶干枯的老手，心疼地说。

"乖薇儿，奶奶怕是熬不到那一天了啊……一顿吃不下半块馍了……奶奶嘴里没有一点味，馋得很啊……奶奶想吃个鸡腿啊，煮得稀烂那样的鸡腿……"奶奶说着，不由地舔了舔毫无血色的嘴唇。我心里为奶奶难过极了。

奶奶的确很久都没有沾过荤腥了，家里也很久没有改善过生活了。家里养的几只鸡，因前段时间的一场鸡瘟全都病死了。可是，我很想完成奶奶的这个愿望，想让她吃上煮得稀烂的鸡腿。父亲刚才好像听见了奶奶对我说那些话，我看到他极不耐烦地做着家务。我磨磨蹭蹭地跟在父亲身后，心里想着该怎样和父亲说起鸡腿的事情。

"薇儿，你也跟着我几圈了，你有什么事，说啊？"父亲一屁股坐在柴禾上，问我。

"爸，我也没有事，就是，就是奶奶现在吃不下多少饭了，给她买只鸡腿煮给她吃吧！"

"哎，你奶奶就知道整天找事，去哪儿给她弄鸡腿啊，哪儿有那个钱……"父亲好像故意大嗓门地说着。

我气乎乎也从父亲身边走开了。我担心父亲刚才的话被奶奶听到，就轻轻地朝着奶奶房间走去，却看见奶奶已经唉声叹气地躺在床上了。我知道奶奶一定是听到父亲的话了，她心里该是多么的难过啊。我轻轻地挨着奶奶躺下来，说："奶奶，你别难过了。"

"薇儿啊，奶奶就是这个命，活受罪啊……"奶奶说着就抹了一把鼻涕和眼泪，随手甩到了墙上。

我生怕家里又要发生什么事端，心里惴惴不安。

奶奶哭诉了一阵子后就沉沉地睡着了。我出来的时候看见父亲拎着个提兜出去了，我和父亲谁都没有说一句话。

中午的时候，听见院子里好像有"咯咯咯"的鸡叫声，我赶紧从屋里跑出来了。我看到一只红色的母鸡，双脚被绳子捆得牢牢的在地上使劲挣扎着。父亲坐在院子里的一截树桩上。

"爸，这鸡……"我诧异地问父亲。

"噢，这是我刚才赶集买的母鸡，等会煮烂一点，让你奶奶多吃点吧！"父亲说着起身去了厨房。

我心里又开心又难过，急切地跑到奶奶门口大喊着："奶奶，奶奶，有鸡腿吃了，有鸡腿吃了……"

奶奶慢慢地起身，靠着墙坐在床上。我看到奶奶惨白的嘴唇好像有了一些血色。

奶奶终于如愿以偿地吃到了煮得稀烂的鸡腿，只是她好几顿才把一只鸡腿吃完。因为疾病缠身，奶奶的饭量越来越小了。

奶奶咳嗽得很厉害，吃什么药都不是太有效。听父亲说，奶奶患了严重的肺结核。可怜的奶奶时常在一阵剧烈的咳嗽之后，像一只瘦弱地老猫软绵绵地蜷缩在床上，可是我们谁也代替不了奶奶。

医生说，奶奶的病容易传染，让我们全家人注意点。

哥哥从来没有嫌弃过奶奶，常常拖着残疾的腿给奶奶洗衣服，端饭，直到看着她把饭吃完才离开。不管多累，哥哥也不让我做。

两个姑姑偶尔来看看奶奶，给奶奶洗衣服，却是一脸的勉强样。因为奶奶咳嗽得厉害，眼睛又看不见，常常吐的满屋子都是浓痰。姑姑每次进奶奶房间的时候，都是捂着鼻子和嘴巴的。而所有这些奶奶永远都不可能看到。

明天，我要去县城上学了。我心里乱成了一团麻：我舍不得奶奶，舍不得父亲和哥哥；舍不得这个破烂的家；更舍不得那个陪我一起长大的男孩子——何世泽。

空荡的院子里，月华如波。

我们一家人围坐在煤油灯下。父亲一脸的凝重，反复地叮嘱我：一个人在外面读书要吃饱，不要饿肚子，家里会有办法的。千万要照顾好自己，遇到事情要多动脑筋。这些话，我也不记得父亲嘱咐过多少次，只是他仍然还在不知疲倦地重复着。我知道，父亲怕我在外面受苦，他的担心让我感到欣慰。我在心里发誓，绝不能辜负父亲这唯一的期望。

奶奶无力的哭闹声从隔壁的小屋里传来："……老天爷啊，我怎么活啊，薇儿，薇儿啊……"

"奶奶哭了，我去看看。"我慌忙对父亲说。

"她整天就会瞎胡闹，不用搭理她。"父亲不屑地说。我没有理会，径直跑到奶奶的小屋里。奶奶哭得鼻涕都出来了，她好像很伤心很伤心的样子。我用毛巾给奶奶擦了鼻涕："奶奶，哭什么呢，都好好的。"

"薇儿啊，奶奶不想让你走啊，你去县城上学了，奶奶会死掉的……"我像哄孩子一样轻拍着奶奶："奶奶不会死的，我会经常回来看奶奶的……"我的泪水不自觉地涌了出来。

我抓紧奶奶的手，我不想让奶奶"走"，我不想眼睁睁地看着我身边最亲近的人，一个一个无奈地消失。我不想啊！可是一个心里装满孤独和迷惘的孩子，又能够挽留住这尘世中的什么呢？

奶奶，你看不见我心酸的眼泪，我也舍不得你啊！

夜，骇人的沉默。

25 素笺成灰

父亲为我收拾好去县城求学的行囊，就很疲惫地睡下了。奶奶紧抓着我的手渐渐地松开，我听见她均匀却有些粗重的呼吸声，我知道奶奶已经睡着了。躺在奶奶身边我翻来覆去地无法入眠，索性走到大门外，一个人呆呆地望着月光下斑驳的小巷子。我忧郁的眼睛穿过婆娑的枝影，停滞在何世泽家的青砖老屋上，久久地望着……

我在等待什么呢？我在幻想怎样的结局呢？冥冥中早已注定，我们没有开始，也没有结束……我们早已是迷失于红尘中的孩子……今生除了你，我还会为谁而伤悲，为谁而心碎。我的眼泪那么不听话，在这样夜阑人静的时刻，它汹涌而来淹没了我的脸、我的悲伤。我手捂着胸口，生怕疼痛溢出体外，所有因你而滋生的苦难，我不曾怪过。

我好想多看你一眼，多见你一面。此刻，我难以抑制的哽咽声戳破静夜的黑。思念的样子，深可见骨。

如果这样的相爱注定是个悲剧，能否让我有生的日子再多爱你一天；能否，让岁月的眼睛看到我痴迷的眷恋……

我知道，我在期待你忽然的出现，期待你忽然望着我的眼睛。

然而,这一切又是多么的不可能啊。夜,静悄悄的,风吹斜了我的泪水,我看不清远方,看不见你……

我失落地回到屋内,将这几年写下的日记从箱底翻出来,一个字一个字地看着,泪水不断地滴在那些字迹上。明天我就要去外地求学了,所有的这一切都忘记吧,放下吧,我千百次地对自己说。与其越来越痛,越来越苦,不如彻底地抛却。

我不知道如何去释放自己的伤悲。我拿着一把小刀,往自己手指上割去,那种切肤之痛远远不及自己的心痛严重。我多么幼稚可笑,试图用这样的方式忘记你,残忍地忘记你。鲜血,一滴一滴落下来,我心里一片释然。我用滴血的手指,在一张素白的纸张上写下:天涯何处不忘泽。我是多么矛盾啊!明明要忘记你,却写着不要忘记你。

我一直在无声地哭,我的心走进了一条死胡同,早已别无选择。

在院子里,在麦麦曾经居住过的小棚子下面,我轻划了一根火柴,将所有的日记和没有寄出的誓言,点燃……(虽然我的心在滴血)。淡蓝色的火焰下,我试图默默地和往事告别。别了,我的麦麦;别了,流泪的年代;别了,我心爱的男孩……

时间一滴一滴渴死在想你的途中。我默默地回忆,默默地抱哭了夜色。

没有约定,没有誓言,没有我希望听到的那句话。此时此刻,只会说,相见时难别亦难,东风无力百花残。

此情永不愈, 素笺终成灰。

第二天早上,我背上行囊要去县城求学了。那是我第一次出远门,我的难舍无可言喻。

父亲又在反复嘱咐昨晚重复过多次的话了。哥哥拄着拐杖，那条悬空的腿孤独地摇摆着："薇儿，一个人在外面，要照顾好自己啊。"我看到哥哥眼睛红红的，拼命地忍着泪水不让它流下来，对父亲和哥哥点着头。

"薇儿啊，薇儿……"奶奶的哭叫声传来。

"奶奶，我在呢。"我转身跑到奶奶的床前，本来我是不准备和奶奶告别的，因为怕她难过，可她还是听到了。

"薇儿，奶奶没法活啊，奶奶不想让你走啊！"奶奶死死地抓住我的手，我强忍的泪水，肆意地流了下来。

"奶奶，我会想你的，你一定要好好保重身体啊！"

……

我和奶奶哥哥挥手告别后，父亲就送我坐上了去县城的车。可父亲还是担心我，一直坚持把我送到了学校。天空中灰蒙蒙的一片，空气有些闷热，到了县中学时竟然雷声轰鸣要下雨了。爸爸替我办理了报名手续，安置好寝室的床铺，脸上没有任何表情："薇儿，以后就要靠你自己了。"

我怔怔地站在他面前，心里乱哄哄的，说不出是什么滋味。

父亲看了我一眼："怎么了？"我耷着眼皮："没事。"

父亲从怀里摸出几张破旧的零钱塞给我："别不舍得吃饭，身体要紧，家里会有办法的。"

"我知道了。"我依然低着脑袋，心里突然觉得不是味儿，觉得自己活着就是一个累赘，一个包袱。

父亲忧心忡忡地回了家。我知道父亲担心我年龄小，又没有出过远门，除了担心还是担心。

父亲回家了，就剩下孤单的我了。

我和寝室里的几个女生，怯生生地打了招呼。然后郁闷地坐在床上。一个胖嘟嘟的女孩从外面进来了，她的样子看起来好凶。我看了她一眼，我们谁也没有说话。

"是谁用我的毛巾了，没有长眼睛吗？"我们几个面面相觑，大家都说："没有用。"

"是你用了我的毛巾，对不对？因为你没有毛巾。"胖妞用手指着我，怒吼道。

"我真的没有用你的毛巾，我是还没有来得及去买。"我嗫嚅着小声说。其实我真的没有用她的毛巾，只是看见她发怒的样子，有点害怕。

"一定是你用的，买不起也不能偷用别人的啊。"胖妞得寸进尺地掐着腰，冲我继续大吼。我感到其他每个人看我的眼神，都是火辣辣的像无数个巴掌无情地抽打着我的脸。

"我真的没有用你毛巾……真没有……"我急得脸红脖子粗地辩解着。

"一看就知道农村出来的穷鬼，不然怎么会这点规矩都不懂……"胖妞气焰一直高涨，对我不依不饶。寝室的其他几个同学，都在盯着我们看。我禁不住血往头上涌。

我不知道自己怎么了，突然愤怒地一把抓住胖妞的脖子，从嘴里蹦出几个字："我让你欺负人，我让你欺负人……"估计是我疯狂的样子，让胖妞震惊了。胖妞脸色苍白，躲闪的眼神看着我："是我错了，我不敢了，不敢了……"看到她那可怜的样子，我没有再说什么，松开了手。

我以为一切都烟消云散了，没想到胖妞竟然报告了老师。

我俩被一个女老师带到了办公室里。

"你们俩咋回事呀？这是第一天，你们就翻天啦！"我低着头不说话。胖妞狠狠地剜了我一眼说道："她偷用了我的毛巾，还不承认……"

"我没有用尔毛巾。"我理直气壮地说。"是她欺负我，胖子。"

"你住嘴。"女老师恶煞似的冲我吼了一声。

我不满地嘟囔了一声，低下头。

"何薇，你什么态度啊，人家胖怎么了，惹你了么？"女老师冲我吼着，我的眼泪一下子不争气地流了下来。我才注意到，原来这位老师体格也是偏胖型的。我也才明白，父亲原来告诉我的，有些话能说，有些话是不能说的，到底是什么意思。

女老师看见我哭了，才算不吭声了。我看见胖妞正幸灾乐祸地冲我乐。

高中的生活就这样开始了。我灰头土脸地在同学们各样的眼神中来来往往。我似乎注定了是个孤独的孩子，倒霉的大头鬼。然而自从我反抗了胖妞之后，他们就再不敢用眼睛剜我了。

我似乎忽然长大了好多。

在这里我从一开始便失去了想要寻找的温暖，渐渐地感到了更加的孤独，我没有一个朋友。我开始想家，想何世泽，想那个破烂不堪的村子。

每天学习，自习，吃饭，睡觉。

这种日子是种煎熬，然而还是要一天天地熬下去。日子如流水一般无声地流逝，转眼两个月过去了。

我不喜欢这里，我留恋以前初中的生活。我讨厌县城的一切，不，是这里的一切。

我好像变得越来越忧郁，整天皱着眉头，心事重重……

小时候整天听大人们说，城里有多么好，我却真真实实地感觉到，城里并没有大人们口中的多么好，我的心是那么的苍凉。这里没有希望，没有亲人，没有何世泽。

我站在校园的一角，看着黄昏变成浅红，颜色越来越浓深。一个人无声无息地幻想着未来，忧伤洒满了孤独的路程。

26 一无所有

　　读高中的这些日子，没有人会像何世泽那样小心地呵护我。我成了一个彻底孤单的穷孩子。思念是那样的稀薄、纯真，或有或无。多年以后，我还是觉得自己是可怜的。如果一生都可以完整地和你厮守在一起，那么这一段永恒的记忆，我将会怎样镌刻在命运里？

　　泽，我回味着这个暖暖的名字。感人的温度，模糊的触觉，放在掌心如一朵白莲，脱俗清晰。现实轻轻地敲击一下，白莲就凋零，然后消融。我的青春迷失了。

　　彻底而无望地迷失了。

　　我想何世泽，每晚每晚地梦见他，他还是那样纯真的笑脸，深情的眼神。醒来我发现自己脸上浸满了泪水……

　　因为想他，我又开始写日记了，写思念的味道，写没有月光倾城的夜晚。

　　泽，你知道我在想你么？我要如何来忘记你，一生一世够不够？

　　真的可以忘吗？好像什么都没有发生过。就是想起了一些往事，也只是微微地笑一下，然后就如随口呼出的气息，一切又都变得平静和淡然，看起来好像已经得到了超然的力量，不再在乎那些刻骨铭心的事情了。可以是这样的吗？

那一天，我在县中学得到了一个糟糕的消息，奶奶快不行了。

我回到家里，看见父亲和哥哥都沉浸在无助的悲痛之中，他们因为瞎眼奶奶陷入死亡的阴影中而难过。

奶奶瘦得皮包骨头，躺在床上，没有任何知觉，只是张着嘴巴大口大口地出着气。父亲说，看样子你奶奶要断气了。于是，找人把奶奶抬到了堂屋的苇席上。我的眼泪不停地往下掉着。可怜的奶奶，此刻有多么痛苦啊，死亡的痛苦，一点点逼近她瘦小的身体。我一次又一次地失去亲人，一次又一次地见证死亡的痛苦。我说不清心里是什么滋味。我哭，我怎么能不哭呢？我想起自己去县城求学的时候，奶奶干瘪的眼睛里流出的泪水，想起她无助的哀求我，陪她说说话……活着，如此之痛。我的奶奶，天堂里会不会再也没有苦难了呢？奶奶，您告诉我吧。

奶奶最后很痛苦地长出了一口气，停止了呼吸。

院子里，似曾相识的恸哭声，划破了何庄的上空。

这时我突然想起了疯子娘，想起了爷爷，想起了麦麦。泪水不能自抑，哗哗地涌了出来。我的身体好像一下子空了。

我默默地对自己说，我一无所有了，我真的一无所有了……都离开了，一个一个都离开了，我的世界只有父亲和哥哥了。那么，何世泽呢？你会想起我么？或者，你的深情已经像夜空下的流星一样消逝了呢？会么？

我想了又想，我务必要见到何世泽，务必。

我不能不见他，我快要崩溃了。

　　可是，我如何再去打扰他的平静呢？如何将以前为了忘记他而所做的一切努力毁于一旦呢？

　　忽然，在院子里乱哄哄的人群中，我看见了一个让我魂牵梦绕的身影——何世泽。他混迹在人群中，只露半个脑袋，眼睛却正在注视着我。我的心一下子狂乱起来，那样的感觉是无可替代的，是只有他一个人才能给我的。

　　我以为，我已经把他淡忘了；我以为，我的心，已经平静了；已经不会再掀起狂乱的波澜。这一刻，我才知道，我有多么的自欺欺人，我永远都不可能忘掉他。

　　因为担心有人会看见我们异样的眼神，我坚决地从他脸上，将自己的视线转移。然后向门外走去，我用眼角的余光感觉到，他也出来了，远远地跟在我身后。长这么大，他始终是最懂我的。

　　走到荒芜的后园子，我停下脚步，只为等他。

　　我们谁也不说一句话，他望着我，依旧深情的眼神里，装满了哀伤。我的泪水不自觉地滑落。

　　"薇儿，别再哭了。"听到何世泽轻轻的一句安慰，我一下子委屈得不成样子。什么也不管了，无力地蹲下来，痛痛快快地大哭了一场。

　　"薇儿，好了，不哭了，我也很难过。"等我哭了一会儿，何世泽才说话，"不哭了，你再哭，我也该哭了。"何世泽说着，声音就变了。我止住了哭声。

　　我说："这段时间以来，我心里承受了太多，哭出来好受些，我以为再也见不到你了。""怎么会呢？这不是又见面了么？"何世泽深深地望着我，幽幽地说。

我沉默。

去县城读书这么久，我知道自己最想要的是什么。我知道，那就是有他的日子。想到这里我又流下泪来。

何世泽的眼睛也湿润了："薇儿，怎么又掉泪了，以后要学着好好照顾自己。"

"还有么？"我不假思索地突然说了这句话，然后开始后悔。他的视线从我的脸上转移开，停留在参差不齐的草丛上，我看到他眼中的忧郁和悲伤。

我不怪他，我凭什么去怪他呢？那么一个和我一样无能为力的孩子，他有什么力量去挑战世俗，又有什么力量去和现实抗衡呢？

我们都低着头，谁都不说一句话，谁也不敢正视对方的眼睛。

就这样无声无息的，我往家里走去。远远地我忍不住回过头，看到他仍然无助地站在那里，风吹乱了他的头发，他的眼泪……

从前，我曾无数次设想过，长大后和他在一起的种种。而那些美好的想象，被无奈的现实轻易地埋葬了，只留一生一世的遗憾。

你不是我，你又如何能够看得见？

离开这个村庄两个月的时间，很多东西在弹指间已如飞烟般消逝在记忆里，无法捕捉到星点的痕迹了，所能想起的只有风干的水渍一样的模糊，有些迷茫，有些杂乱，有些惆怅。

我初中的那些同学各奔东西。有辍学的，有复读的，有十几个同学考入了附近的几所中学。而何世泽仍然在以前的中学复读。

我好想何世泽能够过得好，过得开心，虽然我知道祝福的话不

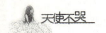

起作用，但我还是要祝福他。就像父亲说的那样，生活的目的就是好好活着。为了好好活着尽力做好每一件事情，这就是人生。还有什么好说的呢？

我不知道是怎样回到家里的，我的眼神空得像旷野的枯草。有人在我的脖子里围上一条雪白的布，所有的人都带着雪白的帽子或者和我一样的白围巾。我的眼前是一个丑恶的漆黑的棺材，我知道，那里面装有我亲爱的奶奶。我像其他人一样，跪伏在地上，放声大哭。

又是这凄凉的情景，渗入骨髓的悲痛，在我眼前无情地蔓延。

没有人知道我在哭什么，连我自己也不清楚。除了为死去的奶奶伤心，还有更多的是绝望，是的，绝望。因许许多多的无奈而滋生的绝望……

27 相思无痕

奶奶入土为安后，我又回到了学校，继续迷惘地过着异乡求学的日子。

整个高中的生活，我是在极其狼狈和孤独中度过的。这短暂的三年里，除了经常给父亲写信外，我基本上没有和其他同学联系过，其中也包括何世泽。

不是不想，是根本就很无奈。

何世泽在复读一年后，也考入了县城的重点高中，只是我们不在一个学校。能见到他的次数也是屈指可数的。

那次的同学聚会上，我见到了他。毋庸置疑，看到他那一刻的心跳和从前一样。然而，他又何尝不是呢？他火焰的眼眸，深情地望着我，无可掩饰。

我们六七个同学在一家小饭店坐下来。与何世泽同来的还有一个人，洁。听说他们就读于一所学校后，我的心忽然莫名地疼，针扎般的痛。一如往日的骄傲，我故作轻松，然后极力掩饰自己的伤感和落寞。

我们吃了最简单的汤面条，大家边吃边兴奋地闲聊着。我好像

没有怎么说话，一直是强装着微笑。而何世泽和我一样，大部分的时间是在沉默。几个同学都在眉飞色舞地交谈着自己班级里的趣闻。我偶尔附和一句："哦，就是啊，就是啊。"其实，我真的不知道他们在说些什么，我的心乱哄哄的，一直难以平静。

我与何世泽的眼神不时地相遇在一起，我的心禁不住在颤抖。我听不清同学们在聊些什么，我只是希望这样的时刻过得慢一点，再慢一点。

"薇儿，上次我回家的时候，看见你爸了。"何世泽喝了一口水，幽幽地说。

"哦，他怎么样了，我有一个月都没有回家了。"我一下子放松不少，问他。"还好，你爸问我见过你没有，我对他说没有……"

"你有时间到我们学校来玩吧！"分别的时候何世泽不舍地望着我说。我点头立着，心里面好难过，我有一个清晰的感觉，想哭！拼命忍住的泪水在眼睛里打转，不愿让他看见我的忧伤，我转过身去。

此一别，不知道何时能够再见面。

晚上，躺在宿舍里，我辗转难眠，满脑子都是他的样子。衣带渐宽终不悔，为伊消得人憔悴。这句话，足以说出我的心事，足以让我泣不成声。

我不明白，是否必须经过疼痛的折磨，是否必须携带切肤的疼痛，才能够靠近你？靠近虚设多年的幸福？

此刻，我的眼睛里含着万千年前的梦想，叩问，三千弱水。是否你曾听见过，听见过我残留在月光下的呼唤及守望？

其实，有时候我很想去何世泽的学校找他，一想起这样会给彼此带来更深的伤害，我就忍住了。只有拼命读书学习的时候，会暂时忘却那根植在骨头里的影子。

　　每到晚上，寝室的女生们都会叽叽喳喳地聊到很晚才睡下。那些话题说着说着，总是扯到某某男生身上。他们津津有味地讲着，谁谁长得好帅，谁喜欢谁之类的话。而我几乎是不插话的，我只静静地看书或者静静地想着何世泽。我执意地认为，想他是一件很骄傲很有意义的事，尽管痛苦，尽管流泪。

　　"薇儿，怎么没有听你讲过自己的事情啊，你喜欢过男生没有啊？我们可是都讲了啊，不许隐藏啊？"有同学开始用窥探的语气问我了。另外几个女生紧跟着也说："就是啊，薇儿，咱这里面最文静的就是你了，你从来就是个谜啊。"

　　我羞涩地笑笑说："没有什么的，我是一个没有故事的人。也许，我喜欢一个人的时候，你们都还不懂得喜欢。"

　　"什么意思啊，听不懂你在说什么呢。"大家毫无睡意，都趴在床上认真地听我讲述，那个有关两个孩子两小无猜的爱情。讲着讲着，我已经不知不觉地泪流满面了。

　　"薇儿，你多幸福哟，能够这样无怨无悔地去爱过一个人。"

　　"就是啊，那个男孩子也太没有勇气了……"听到别人说何世泽没有勇气，我心头马上缩紧，很难受。是的，我不想任何人说他一丁点不好。"其实，也不是他没有勇气的，是他不愿意影响我的，我永远都不会怪他，永远都不会……"我和她们较真儿地辩解着。

　　从那之后，我成了寝室女生们眼中的"情圣"。我无言以对，对于这次突然说出的心事，我不曾后悔，我需要倾诉，我需要救赎自己。

是的，我需要救赎自己的心灵。

三年的高中生活，就这样在思念的浑浑噩噩中度过。那样一份守望在心底的恋情，没有开始，也不曾结束……

有一段时间，我好像把他忘记了，不会流泪也不痛苦。那天风有点大，我和同寝室的女孩一起闲逛。忽然，我看到了一个熟悉的背影，没错！是何世泽。他一个人在秋风中孤独地走着。

"泽！"我失声叫道。

何世泽转回头，惊讶而又欣喜地望着我："薇儿，这么巧啊，刚好碰上你。你快要高考了，复习得怎么样了？"

"还不知道呢。"我说。"这里离我们学校很近，去玩吧。"

我摇头说 "不去了，有时间吧。"我们都在继续故作洒脱，那种滋味只有经历过的人方能体会，说不出的痛楚。

那一刻，我突然有些恨他，他真的无动于衷么，他真的平静似水么？但那种恨仅仅是那一刻，仅仅是我灼痛心海的涟漪。

我知道，也令我无能为力，我一直是知道的。晚上，我又千百次地重复着去回忆他，回忆有关他的每一个眼神，每一句话。疼痛，继续敲打我的血肉，我的灵魂。

高考结束后，我回到家里，默默等待向往的通知书，也包括我向往的他。

我又像三年前那样，坐在熟悉的院子里，忧郁地抒写着自己的心情。院子里的荒凉依旧。父亲挂在墙壁上的镰刀，锈迹斑斑。那头老黄牛依然慵闲地卧在门口的槐树下，摇摆着尾巴驱赶蚊蝇。我渴望的身影，始终没有出现，日子一天一天老去……

28 星星之火

等待高考发榜的那些日子，漫长而拥挤。

说实话，在我们那样的穷乡僻壤里，能支持女孩子读书，并且希望她考上大学的人没有几个。对此，我是非常感激父亲的。而除了好好学习，听他的话做个乖女儿外，我好像没有别的方法去表达对父亲的感激了。

在那些沉甸甸的日子里，我总是害怕自己会落榜，害怕从此再也没有机会读书而落入不堪的世俗里。那些贫瘠的思想，那些披头散发骂街的女人们，那些整天凭着拳头到处打架的男人们，就那样在一个个无声的日子中，没有目标地活着。而我，不想再成为下一个他们。可是，我又凭什么去鄙视他们呢？我没有鄙视，我只是力所能及地想逃脱那样空洞无边的生活，如果可以的话。

我整日心事重重，没有别人十七八岁的朝气蓬勃。我在心里固守着一个等待，等待何世泽的出现，希望他像从前一样忽然出现在我家的大门口。

日子一天天过去，我只是偶尔能和他匆匆打个照面，再匆匆别过，因为每次相遇都会是在街头，人很多的地方。然后再回到家，回忆

他的眼神，痛苦，掉眼泪。十八岁了，我却依然是个爱哭的女孩子。有什么办法呢？

我知道属于我和他的时间越来越少了，不管我是考上大学或者落榜。我们都不可能再重新回到从前儿时了。都不是小孩子了，大人们好像已经忘记了，曾经有两个孩子彼此依恋的故事了。我们又怎么可能去打破，这表面上貌似平静的一切呢？

除了为他写下一些长长短短的句子外，除了为他流下一滴一滴锥心蚀骨的泪水外，我又能改变什么呢？

我清楚地知道，我分明是讨厌自己的，甚至憎恶自己的。没有勇气，总在逃避现实，我又凭什么再一次微笑着，站在岁月的胸膛上说什么永远呢？

抬头望着这里的一切，不禁浮想联翩。村庄里的房子都是老房子，很老很老的，墙根都生满了黄色的苔藓，檐角则满是蛛网，肥胖的蜘蛛躲在角落里，稍有动静，它就会迅速地爬出来，蓄势待发。很小的时候，我和哥哥常常喜欢捉弄它们，它们比任何好看的玩具都可爱，我一直是这样的感觉。村子里的院墙不是很高，上面却都是用碎玻璃覆盖着的。屋顶是灰色如斑驳的浮云一样的瓦片。大街小巷弯弯曲曲，不知道承载过多少大大小小的足迹。

日子就那么平平淡淡地过着，从一个夜晚滑落到另一个夜晚。

那天，在父亲颤抖的大手中，我接过自己梦寐以求的大学录取通知书，禁不住泪水婆娑。这薄薄的一张纸凝聚了多少个不眠之夜的煎熬和付出，多少次心灵的挣扎和折磨啊！

捧着通知书，我哭了。我看到了疯子娘的傻笑，看到了麦麦黄黄

146

的眼睛；看到了何世泽纯真的脸庞……看到了尘世中的——星星之火。

哥哥拄着拐杖，迅速地踱到我身边，欣喜若狂地说："薇儿，终于考上了，太好了，太好了……"那条萎缩悬空的腿依旧摇摆着，好像那条腿原本就和哥哥无关一样。

"哥，我心里总算轻松一些了。"我们三个人沉浸在短暂的幸福之中。

第二天早上，我早早地起床了。感觉头顶的空气是那么新鲜，脸颊边的微风是那么温柔。

我站在大门口，眼睛一直望着一个方向——何世泽家的房子。我多希望和他一起分享这仅有的快乐和美好。

我看到他了，我朝思暮想的人。就在我准备失望而归的时候，何世泽端着饭碗，低头吃了一口饭，然后朝我家望过来。虽然隔着一段距离，我们的眼神仍然碰撞在一起。他含在嘴里的那口饭，忘记了咽下去。我们就这样相望着。

那种怦然心跳的震撼，让我们久久地凝望着，忘记了流动的时间，忘记了我们已经不再年少。

我看到他把饭碗放在门口的台子上，往我这边走来。我慌乱地低下头，掩饰着自己狂热的心跳。他给我的那种感觉，从来都没有消融过，从来都没有。那样真实的感觉，那样无可抗拒的悸动。

"薇儿，祝福你啊，功夫不负有心人呢！"何世泽来到我跟前，笑着说。

"也许是幸运吧。"我笑着看着他。

"我也得好好加油咯，现在不能和你比了。"何世泽幽幽地说

着，弯腰捡起一个石子，用很优美的姿势将它掷入河中，水，溅起一层洁白的水花。我有些发愣地看着这一幕，不忍转动眼神。多好，这样梦中的情景。

"薇儿，回来吃饭了。"父亲在厨房里扯着嗓子叫我。大门是敞开着的，父亲分明是看见我和泽站在一起说话了，一副气呼呼的样子。"世泽，你还不回家吃饭啊？"

"哦，我吃过了，来看看薇儿考到哪个学校了。"何世泽的脸通红通红的，僵硬地为自己辩解着。"哦，来我家再喝一碗稀饭吧。"父亲看都没有看他一眼，敷衍地说。

"叔，不了，我吃过饭了。"

"薇儿，我走了。"何世泽留恋地望着我，小声说。

"嗯。"我望着他的眼睛，深深点点头，存到嘴边的许多话，却什么也没有说出来。虽然我知道不远的时间内，我又将为此次可耻的矜持而后悔。

何世泽走了，他坚定的步子，让我心里凉凉的，空空的。我好像瞬间又跌入了疼痛的谷底。我含着眼泪望着他远去的背影，直到他进入自家门口处，我的泪水再也控制不住，悄然滑落。泽，你却看不到。

父亲又扯着嗓子催我吃饭了，我赶紧擦着眼泪，仰望蓝天，假装什么都不曾发生过，就像平静的河水一样，刻意隐藏着命运的波澜。

我在寻找的是什么，我还剩下什么呢？远处，思念……星星之火，月亮，白桦树。果露谁的沉默？

29 陌生的开端

　　远离父亲，远离家乡，远离了纯真的牵挂。我在苍茫的人生道路上磕磕绊绊地行走着。

　　从前的岁月，已经在时间的利刃下，剥落掉最初的完整。一些沧海桑田的浮尘，试图覆盖远去的记忆。遗憾，惋惜，冷酷，让我一次又一次倒下去再站起来。站在现实的锋芒上，一滴又一滴的童真，僵硬，结痂，痊愈，留痕。我看不见那个刻骨铭心的影子，未来，未来无尽漫长……

　　有些惆怅，有些迷惘，有些不舍；我的大学生活就这样开始了……

　　其实，我知道为了让我读书父亲所付出的代价，远远不只是体力上的疾苦，更多的是心灵上的压力。就算是我考上大学以后，有些乡邻们还是不断地讥讽他："女孩子上再好的学校，有什么用，十七八岁了按理说该找婆家了……"这话，不光是父亲告诉我的，我自己都亲耳听到过，然后他们看见我听到了，依然是一副毫无掩饰的样子。我早已成了人们眼中彻头彻尾的罪人。我又有什么好埋怨人家的呢？

　　临行前的那天晚上，父亲坐在板凳上沉闷地抽着烟。嘱咐的话，自是多得不计其数。"你也看到了，爸这辈子，就剩下你这点希望了。你还看到了，大家都是反对你上学的，我也是硬撑着才过来的，你要是不争气就太对不起我了……"父亲说的每一个字，都重重地敲打在我心上。我一直低着头，眼睛潮潮的，我能说什么呢？对父亲的支持，我无以回报，只有奋发向上。

父亲将烟头摁到地上熄灭，继续说："爸为了给你筹学费，连刚收成的麦子都卖了，你又不是不知道，不管怎样，你要答应爸一个条件。"

"我知道，什么条件，我一定做到。"我的声音已经有些哽噎了。

"也没有什么其他的条件，就是，就是你要保证好好学习，毕业之前不准谈恋爱！"父亲终于犹犹豫豫地说出来了。

我不假思索地说："爸，你放心吧，我一定会听你的话。"父亲好像长长地出了一口气。我知道，父亲对我给予了多么高的期望；我在心底暗暗发誓，要做他听话的乖女儿。

第二天要去学校了，而我的学费一直没有凑齐。父亲说，别急，会有办法的，等几天价格涨了把咱家那头老黄牛卖了，就够了。父亲让我先把书费和学杂费交上。我不知道该说些什么，心里说不出的难过。老黄牛跟着我们家干活快十年了，我真的不舍得把它卖掉，卖掉老黄牛父亲又该怎么去耕种农活呢？我不敢往下想了，我背负的东西太多了。总之，为了让我读书，家里本来就很拮据的生活，更是雪上加霜了。

父亲送我上学那天，是一个阴天。整个天地灰蒙蒙的一片，空气有些闷热。坐到汽车上，我和父亲、哥哥挥手道别。那一刻，我多么渴望何世泽的出现啊。然而，那只是幻想。汽车缓缓启动了，两行清泪顺着我的脸颊无声地流淌……别了，父亲，哥哥；别了，古老的村庄；别了，江南的夕阳；别了，那懵懂的纯情……

到了学校后，我被安排到一个"混乱"的寝室。是的，是混乱的，我们八个女生，其中有五个来自不同的省份和地方。我依旧是孤独的，我普通话说不好，他们叽里咕噜说些什么我也听不懂。真是无奈。

适应几天以后，我们基本上都能沟通了，只是普通话被我们几个拿捏得南腔北调的。

开学第三天，班主任点名让我赶紧把学费凑齐，众多眼睛齐刷刷地看着我。其实来报到的第一天，学校就不同意缓交学费。我当时急得都哭了，苦苦哀求老师，我说再给我一个星期的时间，等父亲把家里的黄牛卖了，学费就寄过来了。那个收费的老师才勉勉强强答应了。

现在，老师又催费了，我不敢抬头看老师的眼睛。在这个新的环境里，我感觉自己又一次被大家否定的眼神抛弃了。

下课了，我一直在想着学费的事，愁得吃不下饭。因为老师说了，再拖下去的话我就可以走人了，没有白白供你学习的地方。该怎么办呢？我跑到学校外面的一个小报亭内，给父亲打电话。我家没有装电话机，我们整个何庄村也没有一户装电话机的人家。我打电话到我们附近的小集上，然后等半小时后，有人传信告诉父亲去接电话，我再打给他。

那是我第一次打电话，我从包里掏出一个纸条，很生疏地摁着电话键，然后拿起了电话。店老板是个胖胖的中年女人，她的脸涂得煞白，活像一个吊死鬼，用很蔑视的眼光翻着我。从她猩红的嘴唇里吐出来这么一句话："就这样不用拿电话，带免提的！真是乡

巴佬，连个电话都不会打！"我心里闷着一团火，燃烧得难受，却耷拉着眼皮，假装没有听出她鄙视的语气，把电话放下。然后我听到电话里传来'嘟嘟'有节奏的响声。父亲也是第一次打电话的，我听到电话里传来很大的一声"喂！"那是父亲的声音，短短几天的时间，我想父亲想得快发疯了。

"爸！是我，你还好吧！"我嘴里说着，泪水不停地淌下来。

我真的不忍心告诉父亲学校催费的事，爸却先开口说："我明天赶集去卖老黄牛，你先别着急，咱俩不多说了，话费贵。"然后就匆匆挂了电话。

我和父亲也就说了三句话，计时器上显示不到两分钟的通话时间。店老板却跷着二郎腿，撇着嘴，用白眼珠子翻着我说："交钱，十二块钱。"

"没有这么多吧？我只说了不到两分钟。"我一听，马上心里缩紧了，真是活六人啊，十二块钱相当于我三四天的生活费啊。

"你怎么回事，到底交还是不交，打个电话唧唧歪歪，打不起就别打啊。"胖女人站起身，厉声地向我大吼着，活像一只发怒的母老虎。我没有见过这样的阵势，心里很不情愿的自认倒霉了，从口袋里数了十二块钱给她，胖女人凶巴巴地一把接了过去，嘴里嘟囔着"乡巴佬"。我假装没有听见，用极其不屑地眼神看她了一眼，径直走开了。

这样陌生的开始，这样陌生的面孔，这样陌生的一切。我该怎样隐藏脆弱，坚强地行走在岁月的锋芒上呢？夜晚来临，我看不到这里倾城的月光，始终看不到。我怀念过去的日子，怀念江南的月光如水，怀念那张纯情极致的脸庞……

30 沉重的梦想

整个夜晚，我迷迷糊糊一直在做梦。梦里的情节似乎都是我和何世泽小时候的情景。我喊他，他冲我天真地笑着，跑近我，我却怎么也看不到他了……

醒来的时候，泪水已经打湿了散落的头发，我感到脑袋晕晕的，没有一点精神。

泽，你还好么？

我不能再像小时候那样，像个尾巴一样跟在他身后了，再也不能了。我们已经相隔得太远太远，从距离到心灵，难道不是么？

可是我依然执着地为你写下那些刻骨铭心的句子，那些小得可怜的文字。我从来没有奢望过你某天能够看到它，那些微不足道的思念及泪水。

都市的喧嚣，袅袅眷眷从我视线里飘过。我讨厌至极，却不得不让梦想驻足在这里。为什么呢？我不知道，是父亲嘴里所谓的幸福么？还是人们拼命争夺的桂冠荣衔呢？可我清楚地知道，我只在乎你，我只需要你。

何苦要上青天？何苦要上青天！所有的人们都是这样活过来的。

死去的，活着的，还有未来的。我又怎么可能成为一个例外呢？

学校又催费了。

班主任说再不交费就让我休学。

我又往小冉上打电话，这次去接电话的是哥哥，哥哥说父亲带着钱来找我了，估计这会快到火车站了。我一听就蒙了，我没有手机也没有给父亲留下学校的详细地址，他去哪里找我啊，况且他对这里人生地不熟的。挂完电话，我就赶紧搭上公交车，往火车站跑。结果，我坐车坐反了。一个好心的奶奶对我详细讲了到哪里下车，我才搭上了去火车站的车。我太笨了，那一刻我讨厌死自己了，真是太没有用了。

到了火车站，黑压压的一片人头在我的视线内攒动着，我茫然地踮着脚尖，四处寻找着父亲的身影，像个没有头的苍蝇到处乱撞。一会的工夫，我的衣服就被汗水浸透了，这里的人是那样的冷漠，我有多么着急啊，我担心父亲找不到我怎么办啊。

忽然，迎面一个衣衫褴褛背着布袋的人影，闯入我的视线。啊，是父亲，我的父亲！短短十多天没有相见，他好像一下子衰老了许多，刀刻般的皱纹里堆积着更多的沧桑。

"薇儿！"父亲也看到了我，失声叫道。

"爸！"我一下子旁若无人地哭出声来。我紧紧抓住父亲的大手，生怕他会跑了似的，那种激动和喜悦现在想起来，还历历在目。

父亲说，我挂念你啊，饭都吃不下……

我忍不住哭了："爸，我也想你和哥哥啊。"

"老天爷有眼啊，要不然这么大个城市，我去哪里找你啊；要

154

不是你突然往家里打个电话，我恐怕要流浪到大街上找你了。"父亲泪眼朦胧地说。也许是我们父女心有灵犀吧。

到了学校，寝室的女生们都客气地问候着父亲，那是我来到这个城市后，感觉最温暖的一天了。

晚上，我和父亲坐在校园的台阶上，那种幸福，那种如小鸟般依恋父亲的心情，让我的脸上一直挂着笑容。

"爸，家里的老黄牛卖了，那以后地里的农活怎么干啊？"我看着父亲花白的头发，幽幽地说。

"你不用操家里的心了，好好学习就行了。你大姑姑家的老黄牛，咱也可以牵回家使唤，我已经给你大姑姑说好了……"

"噢，我姑姑对你真好。"我感叹着。

"薇儿，其实，我刚才就想问你件事情。"父亲疑惑地说。

"什么啊？"我一愣。

"去你们寝室的时候，我看到有两个男生和两个女生，看起来关系很亲密的样子，是不是……"父亲看着我的眼睛问。

"嗯，他们是在谈恋爱。"我本来不想和父亲说这些的，怕他担心我，可是敏锐的父亲还是问了。

父亲在男同学的寝室里住了一个晚上，第二天办完交费手续，就匆匆地离开了。临行前，父亲满脸忧郁地对我说："薇儿，一定好自为之啊，爸在家不舍得吃不舍得穿，可都是为了你啊！"我沉重地点点头，明白父亲的意思。

我心里对自己说，其实父亲就是不嘱咐，我也不会谈恋爱的。我的心早已被一个影子填满了，除了好好学习外，我又会为谁而心

动呢？

父亲心事重重地离开了，我好几天都没有缓过来。伤心，迷惘，想念，这种低落的情绪让我陷入深深的孤单之中。

班级里散乱的样子，让我的确一时之间很难接受。我更加怀念中学时代的学习气氛及心境。刚刚不到两个月的时间，班里面的人都在忙着开始谈女朋友或者男朋友了。好像他们的目的是来混文凭的，而不是学习的。

我们寝室的八个女生，现在已经有四个在谈恋爱了，她们盲目而欣喜地过着自己风花雪月的日子。对此，我心里一直是愤慨的，大人拿着血汗钱，让她们来学习，她们却在学着如何享受人生，如何拍拖。爱情，我不晓得她们这些短暂的相恋，有多少爱情的成分在里面，而她们那样飞快地"相爱"，又是为什么呢？我一直想不明白。

而老师也是拿这些人没有办法，天天挂在嘴巴上说："现在不要忙着谈恋爱，等到一毕业还是各奔东西，又何苦呢？"说这些话的时候，同学们都认真地听着，下了课，他们却又成双结对地出行了。

有什么办法呢？虽然我没有什么值得骄傲的资本，可是我真的替他们感到悲哀。

班级里还是有两个书呆子的，而又太过于死读书了。每天一大早起来抱着书看，寝室的灯火熄灭了，就跑到厕所里看。其实有一段时间，我也是那样的，现在想想真是死脑筋啊。这样的学生，老师也是不看好或者不喜欢的。

其实，我感觉课堂上学到的东西真是太少了。都是些没有用的理论知识。明明一节课就能讲完的内容，老师非得分成五节课程来讲，真不知道老师是不是在浪费时间呢？或者教育体制本是如此呢？

我有点不屑，冷漠地看着这里的一切。

校园内一些不和谐的味道，常常会让我感到压抑或者难过。

31 虚伪地活着

　　我依然孤独也穿梭在人群里，穿梭在冰凉的岁月里。没有人在意我的忧伤或者眼泪，包括我自己。我常常肆意地挥霍着自己的孤独和泪水，我是如此的脆弱，不堪一击。有什么办法呢？这样的情绪一直伴随着我，无可奈何，纠缠不清。

　　寝室里有几个女生，入校时的淳朴，现在开始浓妆艳抹了，真让人震惊。她们除了每天早上起来抱着镜子化妆外，就是无聊的嬉闹。我感觉自己真是越来越不适应这里的环境了。我不愿意和她们嬉闹，从心里反感她们这样随波逐流的状态。

　　我平常喜欢接触的也只有对面床铺那个和我一样文静的女孩了。我们对这些无奈的现象，有着相似的不满和愤慨。谈到身边这些攀比和恋爱的事情，我们俩都会不约而同地被一种迷惘的思绪所缠绕。

　　其实，这中间我也收到了一些所谓的情书，唯一的感觉，是他们好无聊，我的处理方式就是置之不理。除了厌烦之外，我好像毫无感觉。除了何世泽，我心里早已装不下任何人。明天就要考试了，寝室里依旧被那几个女生折腾得乌烟瘴气。他们领着男朋友在寝室内肆无忌惮地说笑，没有任何将要考试的迹象和压力。说实话，我真想把他们轰出去。这里毕竟是学习的地方啊。别人都不说话，我也就跟着不敢说什么。

时钟指向晚上九点了，再有一个小时，寝室都要熄灯了。我坐在床上，认真地翻看着书本（因为我是睡在上铺的，下面乱哄哄的，只能每晚无奈地坐到床上看书了）。

我下铺的女生仍然叽里咕噜地和男朋友说笑着，刺耳的尖笑声不时地传来。我很无奈地轻轻叹了口气。下铺的女生好像在和男友嬉闹，我躺在上铺，手中的书被摇晃得一个字也看不成了。

也不知道哪儿来的冲动，平常老实文静的我竟然一下子叫起来："明天就该考试了，你不看书，我还看呢，你爸妈在家省吃俭用，让你来学习来了，不是让你在这谈恋爱啊？"我的声音有些声嘶力竭。

当时我并没有想到，自己说话的方式的确错了。现在回想起来才觉得那时候真的太过于单纯了。

"何薇，你再说一句！"我没有想到自己闯祸了，下铺女生的男朋友忽地站了起来，怒视着我说。

我一下子愣在了那里，更多的是惊吓。我还没有反应过来的时候，"啪"我手中的书竟然被他打落在地。寝室里所有的眼睛都集中在我身上，我感觉自己的血液在那一刻已经凝固了。羞辱，眼泪，愤恨，一齐涌来。

"我再说一句，怎么了？"我哽噎着，叫道。那个男孩上来就一把抓住我胳膊，准备往下拉。我对面床铺的女生一下子冲了过来，拽开他的手说："干什么啊，不就是一句话么，都消消气好了。"那男生才算住手了，嘴里还不干不净地嘟囔着："妈的，以后出门的时候给我小心点……"我想再说些什么，对面女生拉了一下我的衣角，我就没有敢再吱声了。

下铺女生，得意地冲我笑着。

我心痛，却掩盖不住脸颊上真实的悲凉。纯真的思想被残忍的现实一点一点地刃割、痊愈、撒盐、变形。

那晚，我用被子蒙住头，无声地哭泣。你知道么？那种无助，那种屈辱，那种芒然，谁又能够知道呢？

那之后，我更感孤独和压抑了。活着为什么会这样累呢？寝室的其他人告诉我，我不应该说那些不顺耳的话，是我说错话了。明明是他们错了，为什么我倒成了罪人呢？慢慢地，我明白了一些其中的道理。好多人都在虚伪地活着，他们早已不是他们自己了。我也将在一次次的创伤之后，冷眼看着一切，无关痛痒。

生活啊，这就是如履薄冰的生活么？

唯一值得欣慰的是，我的考试成绩都是很优异的。那些个整天风花雪月的同学，却总是不及格。我看到她们总在不断地像更换衣服一样更换着所谓的男朋友。我不能理解，那些所谓的感情难道只是儿戏么？他们怎么了，都在追求着什么呢？我常常替她们感到脸红或者悲哀，她们的父母何尝不是含辛茹苦，对她们给予了很高的期望呢？

我在这样的混乱无序的集体中，过着自己简单而贫瘠的日子。

32 爱有多苦

有段时间，我极力地想改变自己的孤独和消极。我讨厌自己流泪的眼睛，讨厌自己孤独的灵魂。我想摆脱这一切无形的束缚，轻松地活着……然而，还能够么？

这样有些浮躁的大学生涯，我狼狈而迷惘地过了两年。两年的时间，我都没有见到过何世泽。其实，我欺骗不了自己，我明明很想见到他，却始终刻意地躲避他。这一切都是为了什么呢？我天真地想，只有这样我们才会忘记彼此，才会忘记哀伤。我苦苦折磨着自己，残忍地看着自己心力交瘁，痛不欲生，却一直不肯回头。很多时候，我宁愿这样冷漠地对待自己，好像心里会觉得好过一些。

当听说何世泽考上了一所名牌大学后，我从心里感到欣慰，始终觉得他是最优秀的。是的，他应该拥有更好的生活。因他，所有的不幸都将是我毕生最大的幸福。我是自豪的，从前的岁月是被阳光燃烧过的。

每次我给哥哥写信的时候，总是忘不了打探何世泽的消息。哥哥来信说，何世泽去我家要过我学校的地址，父亲以不知道为由拒绝了。他注定是我今生必经的疼痛和劫难，早已是无可改变了。

转眼就已经到大三了。

这是一个神秘而斑斓的暑假，也许是我的痴情感动了天，感动了地，让我再一次遇上你——何世泽。

那天，天气有些闷热，我跟着父亲去地里割薄荷，我家的薄荷田与何世泽家的田地紧挨着。我心里一直在默默地祈祷，让我就这样不经意地与你重逢吧，让我再看你一眼吧。

我没有想到 我竟然像做梦一样地看到了他。他站在对面的田里，微笑地看着我，那个灿烂的微笑我永远都忘不掉。

我手中的镰刀丢失了魂魄一样落在地上，我的眼睛与何世泽的眼睛久久地交织在一起。

两年不见，何世泽比以前明显长高了好多，看起来有些成熟而深沉的味道。是啊，时光匆匆而过，我们都已经不再是当年追逐嬉戏的小孩子了。有什么好诧异的呢？唯一不曾改变的是彼此深情似水的眼眸。

父亲显然是看到了这一幕，但是父亲清楚我们都已经不是从前的我们了，说道："薇儿，你们好几年没有见了吧，先别忙活了，说说话吧。"

我感激地看了一眼父亲，冲着何世泽说："你也来了啊？"我没有叫他的名字。好像是太长时间没有叫过的原因吧，一种看不见的陌生横卧在我们之间。

"嗯，薇儿一点都没有变，这两年也没有你的消息……"我们来到地边，在相隔不远的地方坐下来。那种感觉，让我一下子觉得好熟悉。是的，是久违的温暖和浅浅的幸福；是你给过我的啊，一直都隐藏在我生命的最深处。在这一刻，一些死过去的希望破茧而出。

这个我珍视如生命的重逢，怎么能够不心动，怎么能够不迷醉。我珍视他说过的每一句话，每一个细节。

我们小心地讲着彼此学校里发生的事情，却没有人敢提起从前的从前或者未来的未来。我是懂你的，你何尝不想让一切归于平静呢？

已经快二十岁了，我依然还是个孤独忧伤的孩子。我该是悲哀的么？或者我该是你前世今生的那枚盛开的花朵？

天快要擦黑的时候，父亲喊我回家了。我是那么的难舍和心痛。我眼睛里的忧郁和泪水已经无可掩饰。我们静静地坐着，开始死寂般的沉默，就那样不说话。还有多少时间让我们这样沉默掉？还有多少？

"我们回家吧，有时间去我家玩吧。"我幽幽地说了一句客气话，我知道，他是不会去我家的，我们是不能走近的。我们之间早已被世俗的那堵黑墙，残忍地阻隔断，没有一丝光亮……

"嗯，你明年就该毕业了吧，我还得两年，把你的地址给我吧，有时间给你写信。"何世泽支支吾吾，最后终于鼓足勇气说。我知道，能够说出这句话，对他来讲意味着什么。我毫不犹豫地告诉他学校的地址，不知道为什么，也许我期待这一天太久太久了吧。我欺骗不了自己狂跳的心，我分明是期待的，守候的。

好多天，我都一直沉浸在那短暂而难忘的重逢中，难以自拔，或者是不想自拔。我的世界早已迷失了，早已没有平静的时光。

我们隔着一个影子的距离，看不见未来，甚至萤火的光芒，不是么？你给的全部忧伤，我没有怪过，真的没有。在每一次我们心痛的转身之后，我都是小心翼翼地将你身后的夕阳，当成我一度失火的天堂。

泽，想你了。我想你了。两颗浑圆的清泪，从我的脸颊上缓缓地滚落下来……

开学后，看书之余，好多时间都是空白和无聊。老师基本上每天只上一节课了。同学们都散漫地煎熬着大学最后一年的时光，我时常感觉有些耗费青春的味道，心里面凉凉的。谁又不是呢？一些上进的同学开始报了其他专业，以免浪费时间，我也是的。毕竟这样心里面还有些充实的感觉。父母省吃俭用为了什么呢，谁不清楚呢？而我或者是我们会常常被一些愧疚冲击得七零八落。

这样的生活中，期待何世泽的来信，好像成了我的核心内容。每次老师拿着一叠厚厚的信，读着收件人的名字时，我的心里总是怦怦地跳着，多么渴望有何世泽的信件啊。每一次当老师喊着最后一个同学的名字时，我总是失望地望着窗外。泽，你没有想过我么？或者没有像我这样想过你么？没有答案，我整天失魂落魄地在同学们的眼中进进出出。

一个半月之后，我终于等到了何世泽的来信。是的，是我执意等来的。我一点都不感到意外，好像这封信已经迟来了许多年。

从老师手中接过那厚厚的一封信，我的脚步忽然变得好轻，好轻。

我是那样的失态啊，回到座位上，顾不上太多了，我将那封盼望已久的信，用双手紧紧地捂在胸口。是幸福么？是温暖的眼泪么？我已经控制不住自己，泪水轻轻的滑落，我将头俯在课桌上尽情地流着眼泪。我知道这是在教室里，可是没有人比你更重要，没有人能让我如此的不计较尊严。

　　我如获至宝地轻轻开启了信封。映入我眼帘的是全信内容中最让我激动和温暖的几个字：永远的薇儿。然后就是一句，你还好么？下面就是几张并没有表达任何相思的文字了。仅仅这些已经足够了。我的心在不停地颤抖，永远的薇儿，在他心里我是永远的啊，这已经够了。尽管他始终都没有说出我梦寐以求的那句话。我懂，就像他懂我一样。

　　我连夜给他写了长长的回信，也是没有表达任何相思的话语。能够这样爱过一个人，能够这样被一个人爱过，我还奢求什么呢？

　　我无法拒绝，想起你时刻骨的疼痛和幸福，我一直无法拒绝。泽，这些话，我却不能够写在信里，不能够对你说出来。爱有多苦，我早已找不到来时的路。

33 萍水相逢

日子是浅灰色的，疲倦、松弛，有些苍凉的痕迹，它们一个一个漂浮在我望穿秋水的眼眸里……

寝室的女生们整天成群结队地逛街买衣服，参加学校每周末的舞会。而我常常是一副孤芳自赏的样子，要么信笔涂鸦地写些文章；要么静静地趴在寝室的窗台，看着穿行在视线里的人影发呆。

在沉重的思绪和现实中，哪一个曾带给我痛彻心扉的迷惘？我常常一遍又一遍地否定着自己，又一遍一遍自信地甚至自恋地肯定着自己。我常常在人群里笑着笑着，就哭了；哭着哭着就开始忏悔，为什么就这样，就这样失去了你呢？

终于，我只剩下我自己……寂寞沙洲，离恨绵长。你，我不思量，自难忘。

那天是周末，吃过晚饭，我无聊地躺在床上看杂志，对面床铺的女生过来拉着我说："薇儿，咱俩还没有去过校舞会呢，一起去看看吧。"

"舞会？哪儿有啊，什么舞会啊？"我一愣，说实话我连学校的舞会在哪儿都不知道。"薇儿，你不会真的不知道吧！很多同学每周末都去参加呢！"

我也有些好奇，便被她连拉带拽地进了舞会。平生第一次来这么花哨的地方，我是那么的局促不安，好像舞会上所有的眼睛都在盯着自己似的。我在一个昏暗的角落里，小心翼翼地坐下来。

虚幻的舞台灯光，在我眼前魔似的闪烁着。许多男生女生混迹在其中，我看不清他们的脸，只感觉一些人影在无休止地晃动。

这一切对于我来说特别的陌生与不适。我双手托腮静静地坐在那里，看着眼前似梦非梦的影子。

"晚上好！"一个穿着白色西装的男孩，风度翩翩地走到我面前，很有礼貌地和我打着招呼。我有些慌乱地回了一句："晚上好！"

"请你跳支舞，好么？"男孩微笑着望着我说。"不，不，我不会跳……"我连连摇头支吾着说，脸颊竟然一下子羞得绯红。

"没关系，我来带你，好么？"男孩伸出了手，轻柔地说。我不好意思再拒绝了，低着头随他来到了舞池中央。许多的男生女生们相拥着翩翩起舞。好像是跳什么交谊舞来着，我也不太清楚。

其实，我一直到现在都不会跳舞的，也不喜欢那种虚幻奢靡的场合。

我慌乱而羞涩地站在人群中，那个男孩说："来，把一只手放在我肩上，先迈动这只脚。"我根本就不知道哪儿跟哪儿。我僵硬的动作和凌乱的脚步，让自己感觉很难堪。我不断地踩住他的脚或者撞到别人。

"我不学了，太难了。"我的脸通红，蚊子似的小声说。

"慢慢来，刚开始都是这样啊。"他鼓励地看着我说，那种眼

神让我有些恐慌。我还是推开了他的手,执意跑开了。

我心神不宁地坐回原来那个昏暗的角落里。我还没有平静下来,就看到那个男孩朝我这边走过来。"慢慢就好了,这是很正常的。"那男孩说着,就在我跟前坐下来。我感到很拘束,浑身不自在,笑了笑什么也没有说。

"很高兴能够认识你!自我介绍一下,我叫周旭,今年二十二岁,这里的舞会是我与学校合办的,我呢?喜欢蹦跶,纯属个人爱好,呵呵。"男孩很健谈的样子,滔滔不绝地介绍着自己。

我是不善言辞的,笑笑说:"哦。"

"介绍一下你嘛!"

"我,我就是一个普通的大三女生。"我僵硬地说。

"譬如,姓名,年龄啊。"男孩依旧很执着地问道。

不知道为什么,我忽然有些很厌烦的感觉。"哦,抱歉,我要回宿舍了。"我下意识地捋了一下散落在额前的长发。

那男孩想再说些什么,我站起身不屑地从他面前掠过。舞厅其实离我们寝室很近,我没有回头,径直回到了寝室。那个周旭,就像风一样从我眼前飘过,心头没有留下一丝痕迹。

这样静寂的夜晚,我不自觉地又翻出了藏在枕头下面的那封何世泽的来信。已经看过多少遍了,我不记得,只是每次读它的感觉都是那么的安然。

思念,依然是思念。

泽,你是否知道,我不老的爱恋,一刻也不曾停息。

34 我只在乎你

同学们依然散漫地混迹在这最后一年的大学生涯中。

我依然是孤独的，下课后常常一个人蜷缩在床上看书，无数次地回忆着心中的他，想念着家乡的父亲和哥哥。

不知道为什么，我讨厌雨天，因为下雨的时候我常常感觉更加孤独和彷徨。

那是一个阴雨连绵的星期天。有同学急匆匆跑到寝室叫我："何薇，有人在走廊里找你呢，说是你以前的同学。"我放下书本一愣，会是谁呢？我不知道。对同学道谢之后，我疑惑地走出了寝室。

"你好，何薇！"刚到走廊里，我就被一个声音叫住了。我往前面看过去，一下子认出来了，站在我面前的竟然是上个周末邀我跳舞的男孩。

"你，你是？"我迷惑着，一时想不起他的名字。

"你真是贵人多忘事啊，我叫周旭，那天在舞会忘记了么？"

"哦，想起来了。"我皱了一下眉头说。"你怎么会知道我的名字？找我有事么？"我一连串地问道。

"我不光知道你的名字，我还知道你是中文系的呢，还知道你家在哪儿呢！"周旭微笑着说。

我很吃惊地问他："你怎么知道的？"

"这还不简单啊，我是学校舞会的合办人，经常和你们老师一起吃饭，打听的呗。"

不知道为什么，我心里面灰蒙蒙的很难受。说实话，我不喜欢太会表达自己的人，包括眼前的这个周旭，让我感觉他不是那么单纯，至少没有学生的那种单纯。他毕竟已经不是学生了。

"我们到楼下走走好么？"周旭看着我说，那种眼神让我慌乱。"不，我不想去。"我不假思索地说，"我要回寝室看书了。"我想马上走开。

这时候，恰子我寝室的两个女生走过来，向我打着招呼："何薇，忙呢！"我一听，脸唰就红了。"没，没有，你们出去啦！"我词不达意地说。我分明看到那两个女生笑容的神秘和诡异。

"我要回寝室了。"我留下这句话，转身走开，只听到周旭在后面喊我："何薇，有时间去舞会玩吧。"我假装没有听见，一头钻进了寝室。回到寝室，所有的眼睛都集中在我身上，我有点惶恐："我又没有穿新衣服，不认识啦！"我自我解嘲地说。

"嘻嘻，何薇，周旭是你男朋友吧？平常可是看不出来啊，也不给姐妹们发喜糖吃。""就是嘛，人家周旭可是许多女孩心中的白马王子呢！条件还好，可人家好像对谁都没有感觉，没想到被咱们的才女给迷倒了啊……"几个女生们你一言我一语地说着，好像都很了解这个周旭，而我听得一头雾水，像听故事一样。

"看来我真是孤陋寡闻了，我真的和他一点关系都没有，我也是刚知道他叫周旭的。"我脸红脖子粗地为自己辩解着。

"嘻嘻，干什么那样激动啊，我们早就谈男朋友了，有什么啊……""就是啊，人家周旭可是很优秀啊，我们是望尘莫及哦，听说那男孩很傲气的……"

我心里一片空白，干脆沉默了，她们也就不叽叽喳喳地议论了。

而我只是觉得这场毫无意义的人生片断，会像往日诸多的片段一样，从我的生活里消失，从我的心头滑落。譬如今天发生的一切，譬如那个名叫周旭的男孩。

夜，从来都不迟到，一如我的思念。

想你了，想你了，我不厌其烦地拿出那块珍藏了多年的手帕。我已经记不清，它承载了我多少相思的泪水，我疼痛的落寞。

你还记得么？从前的白月光，透明的星子，芬芳的原野，我冲天的小辫子……还记得么？而我，永远都不会忘记。

泽，你还好么？我摊开素白的信纸，用笔尖告诉你，我有些牵挂你，淡淡地牵挂你。我绝不写下内心疼痛的思念，绝不，我就这样已经很好受了。

泽，曾经的一切，是否早已风干？如同我疼痛的等待，我绵长的奢望？

你还记得么，从前的杨柳岸，深情款款。你还记得么，那年的月华如波，百转柔肠。红颜恨，夜深沉。是否我们永远只能站在梦寐的彼岸。相见难，别亦难。是否这将是我无法复活的劫难？

我不能转身啊。

只要我一转身，残忍的世俗，将把我推向比悬崖更深的地方……

35 愁肠百结

我期待着何世泽的回信，期待着攥紧那一丝如豆的光芒，把期待一味当成我生命中的全部支柱。这不可笑，也不荒唐，因为爱一个人是没有任何理由和条件的。

那天和往常一样，放学后我们一群同学不紧不慢地往寝室走着。到了宿舍大楼的门口，一个人影忽然横在我面前。

又是他！那个叫周旭的男孩。

"薇儿，我一直站在这里等你。"周旭背着手，一副风度翩翩的样子望着我。说实话，他长得好帅，可是在我心里没有人能和何世泽媲美。

我感觉同学们惊讶的眼光都在盯着我，我一下子很窘迫。"等我干什么啊？"我疑惑地问道。

"何薇，送给你的！"周旭变魔术似的从背后拿出一大束火红的玫瑰花。"不 不，我不要，你这是干什么呀？"我慌乱地连连摆手，后退着脚步。

"何薇，人家送你的爱情玫瑰，还不收下啊，真的好浪漫哦！"女生中有人小声地说。我感觉那是一个怎样的场面啊，不是浪漫，不是感动，什么都不是，有的只是手足无措。

　　"薇儿，请接受吧，我整整等了你一个上午。"周旭双手捧着玫瑰，深深地望着我说。

　　"对不起，你也许误会了。"我淡淡地说，然后在众目睽睽之下逃也似的回到了寝室。我不想回忆起有关他的一点一滴，因为没有感觉。唯一的感觉，他追求我的方式是那么勇敢和直接，我有些震撼，是那种惴惴不安的震撼。

　　接下来，我依旧若无其事地吃饭、看书。好像完全不曾遇过那个人一样。

　　而寝室里其他女生羡慕和嫉妒的目光，让我觉得是那么的可笑和荒唐。有什么呢？我对他又没有任何好感，甚至是排斥的逃避的。有什么好嫉妒的呢？

　　在一个琥珀般的黄昏，我终于等来何世泽的第二封来信。我的思绪里翩舞着一个身影，如云似蝶一般的美丽。泽，是你么？是你要来看我了么？我不敢相信自己的眼睛，而何世泽在信中，那苍劲的笔迹分明是写着，过几天要来这个城市看我。我的心是怎样的激动和颤抖啊，是你，全是因为你啊。我憧憬着见到何世泽时的每一个细节，每一个眼神，好像他已经站在我面前，冲我微笑着……

　　等，成了我生活的全部内容，是的，只为了那小小文字中的约定，我是如此执着地等候。前面真的是悬崖么？我不知道。我却无力自拔深陷的脚步，只想义无反顾地往前走。我是怎么了？

　　曾经一度苦苦逃避，一度苦苦挣扎的那份感情，为什么到如今无力放手，为什么到如今宁愿飞蛾扑火般前行？

一个星期过去了，何世泽没有出现。我的落寞在无声地滋长……比天涯还要遥远，比海角还要绵长……所有的一切都在空白中滑落，只有你，只有你，在我的世界里长歌冷冷。没有你，我时常在人群中，用强装的洒脱埋没自己的失落和空虚。

在这些等待的日子里，有一个身影却常常会突然出现在我的视线里。依旧是他，那个叫周旭的男孩。下课后，他的眼神会一直跟随我直到消逝到宿舍的大楼。而我同寝室的女生总会跟着起哄："何薇，你的白马王子快要望穿秋水了！""啧啧，就是啊，也不看看人家。"这时候，我会低下头，加快脚步地逃离。是的，用逃离这个词一点都不过分。他我感觉浑身不自在，像无数蚂蚁爬在身上一样，说不出的难受。整天盯着我干什么呢？真是个纠缠不清的家伙。

夜凉如水。我不知道是什么时候入睡的。我看见了从前奔跑的原野，我看见了橘红色的天堂；看见了疯子娘傻笑的脸庞……无端地想起那双火鸟的眼眸，我狂奔，一直向前……跑到筋疲力尽，跑到心脏爆裂，跑到大火燃烧，跑到灰飞烟灭……

"何薇！何薇！……"我听到好像有人在喊我，我好像是被人背着下楼梯。一大串杂乱的脚步声，回响着。然后，我就没有任何知觉了。

当我睁开眼睛看见一个雪白世界的时候，我迷惑了。一个脑袋离我那么近："薇儿，好些了么？"又是他，周旭！他关切的眼神望着我。我虚弱地说了声："谢谢，我怎么了？"

"你发高烧了，你寝室的人说你说胡话，我当时在校舞会，有人过来叫我，我就赶紧跑来了……"

　　我看到一旁站立着的几个女生，心里面感动得差点哭了。她们都争先恐后地问我，好点没有，我频频点着头，无法表达出自己的感激之情。如果这样，如果我的病体能够让温暖多一些；如果我的折磨能够让生命平静一些；我多么希望一直这样啊，忍受痛苦的折磨也罢，让我的病体就这样腐烂掉也罢。

　　同样的，我对眼前的这个周旭，一下子有了种亲切的感觉。你可以拒绝一切的冷漠，诋毁，但是极少有人愿意拒绝真实的温暖。

　　该上课了，寝室的几个女生让周旭留下来好好照顾我，让我好好休息。我眼含着热泪和他们说再见。

　　整个病房里只剩下了我和周旭两个人，我一下子觉得特别的拘束。我一直将脸背着他，不敢看他。我又想起了何世泽，那个纯真的破孩子，就是这样在医院守护着我的啊。不，不完全是这样的，那是刻骨铭心的，无可替代的……

　　不知道过了多久，我听见了均匀的呼吸声。轻轻转过头去，看到周旭以手作枕，已经在椅子上睡着了。我心里有一种暖流在无声地涌动。我清楚地知道，那是一种感激之情。

　　我没有叫醒他，也许昨晚他太累了吧，我这样想着。

　　下午，我退烧以后就坚持要出院，周旭让我在医院再养两天，我说什么也不肯。最后医生说，不要紧了，回去接着吃两天的药，应该就没事了。

　　我从衣服里掏出破旧的几十块钱。周旭说："你干什么呀？"我说："交住院费啊！""丫头，哪有先看病后交钱的啊，你男朋友已经交过了。"旁边的医生阿姨笑眯眯地说道。

我感觉很不好意思，感激地对周旭说："谢谢你，这医药费你拿着，不够了回去我再还你。"

"薇儿，你怎么这样啊，不要跟我客气好了，我家里就是这儿的，又有稳定的收入，而你一个女孩子……"

虽然我没有再说什么，心里却想着回校后一定要还他的。我不想欠他任何人情。

从医院走出来，我还是感觉头有些晕晕的。周旭叫了一辆出租车，并且挨着我坐下来，我一直低着头不说话。那是我第一次坐出租车，感觉像在飞一样。在一个很豪华的西餐厅门口，周旭让出租车停下来了。

"薇儿，下来，我们一起吃顿饭再回学校吧。"周旭下车后很绅士地给我打开车门。

"不，不，还是回学校吧。"我忽然很紧张地说。

"为什么呢？其实，我一直就想请你吃个饭的，我又不会把你怎么样？"周旭微笑地望着我说。我糊里糊涂地下了车，和他一起走进了餐厅。

周围笔直地站着好几个漂亮的服务小姐，我第一次来这种地方，有些畏畏缩缩的感觉。周旭好像看出了我的心事一样，冲服务员摆了摆手，那些人知趣地走开了。他把菜单递给我，"薇儿，想吃点什么，自己点吧。"我一直摆着手，我的确也不知道吃什么，我根本就没有吃饭的胃口，心理面拘束得很难受。

周旭点了一份黑椒猪排和一份比萨牛排，外加一瓶红酒。

我一直不声不响地坐着，更多的是紧局促不安。

"小姐，麻烦你把刀叉换成筷子吧！"周旭喊着前面站着的服务员。看得出来周旭是一个很细心的人，连我微小复杂的一点心事，都无法逃过他的眼睛。

"薇儿，你怎么不吃啊？"周旭熟练地夹了一块比萨放到我面前。

"不要，我自己来，自己来……"周旭的过分热情，让我感觉到了莫名的难受。

就这样，周旭催促一下，我就吃下去那么一点点。其实，整个的饭局我根本无心吃下去。

看我不吃，周旭也不吃了，就那样用手支着脸颊看着我。我心里很慌乱，始终没有抬头正视一下他的眼睛。

周旭把我送回了学校，对我说："别忘记了吃药啊，明天我还来看你。"

"哦，对了，我把医药费给你。"

"薇儿，不要这样好吗？我是不会要的。"周旭好像一副很伤心的样子说。

……

经过一番推让，我不再坚持了。

看我安静地躺在了寝室的床上，他小声地对其他几个女生说："帮我照顾一下薇儿，有什么事打我手机啊。"

他朝我笑着挥挥手走了。

我躺在床上，有种千头万绪的感觉。

我想何世泽，确切地说是牵挂他。我怎么能不牵挂他呢？

泽，你不是说好的要来看我么？为什么半个月还没有消息？我

的心为你而牵挂，不能停息。而泽，你知道么？如今，我已能够忍受荒芜的日子，已能够面临尘世的刀锋。只是，我多想把握曾经和你拥有的纯情啊。

明白，你所隐忍的深情我都明白，而为什么我的眼睛还会噙满泪水？所有的一切与我们无关，不是么？泽，为什么我们都不敢或者不愿去拥有呢？我不怪你，人或者灯光；或者路口；或者从一个地方到另一个地方。我只是觉得，有只无形的手在推我，推我于巨大的彷徨和哀伤之中……

街头的尘埃飘舞，行人，形形色色地穿梭于明天或者比明天更遥远的方向。

时间，背对着背，一段天各一方的距离之间，你能否感知到我的天堂，我能否感知你的尘世……

36 失魂落魄

二十天过去了，我依然没有等到何世泽的任何消息，我活在一种极度的荒凉和煎熬之中。

一切，仿佛来去匆匆。譬如春天，譬如旧梦，譬如天空中最亮的那颗星星……

我无法驱逐那种伤感。坐在教室里的心神不宁，蜷缩在人群中忧郁孤独。我能够平静地成为我自己么，怎么样才能够呢？

眼看再有三个月就要毕业了，我却整天像个游荡的魂灵，漂浮着找不到自己的位置。

我把自己沉重的梦想，深深地雕刻在岁月里，成为不为人知的秘密。就像那些个星星和摇曳的烛光，从我的眼前晃过，从父亲的眼前晃过，从很久很久以前的人们眼前晃过；被习惯性地忽略，不曾留下些什么……

我给哥哥写信，说了一些我目前的情况和想法，当然顺便问了何世泽。应该这么说吧，写这封信除了表达对哥哥和父亲的想念，更多的是为了何世泽，而不是为了诉说我自己的状况。我觉得我好像超脱了那种释放的方式，没有了倾诉的力量。

哥哥在回信中说，你已经长大了，许多事情要三思而后行，更何况于爱情。从前的爱情更多的只是美丽的霓虹，经不起时间的考验和现实的颠覆。何世泽患病了，听说是头痛得厉害，无法正常学习下去，现从县医院转到了我所在的城市了。看到这里，我一下子感觉天旋地转：为什么会是这样？为什么？我的心一阵阵地抽搐着疼。我看不下去了，整个眼前都是空白的，密密麻麻的文字不再是文字，是泪，是血，是我不了的情……

何世泽早已成了我生命中很重要的人，早已是了。我一直在想，他是不会不守诺言的，他不会让我傻傻等待的。而我现在多想一直傻傻等待下去，却不愿听到他有任何不幸的消息。我一刻也无法等待了。我要见到何世泽，以最快的方式见到他，我对自己说。

我往小集上打电话，没来由地泪水汹涌。我能说出爱么，我能说出情么？我不能，我也不能哭出声。

接电话的是父亲，我尽力平静地说："爸，家里现在忙不忙了？"电话的那头传来父亲沧桑的声音："家里不忙的，薇儿不要挂念家里，你在学校好不好？"

"还好，还好的。"我语无伦次地说。我一直在找机会想说出有关何世泽的话，却一直犹犹豫豫，怕遭到父亲的训斥。

"爸，我想问你个事。"我吞吞吐吐地说。

"啥事，你说啊。"

"就是，就是我听以前的同学说，何世泽病得不轻，好像在我学校的城市住院，我想去看看。"

父亲在电话那边沉默了片刻说："薇儿，爸也不多说你了，你应该明白，有些事啊过去就过去了，不要一直放在心上。你去看个啥啊？"

"爸，我保证，听你的话，一切都会过去的，会过去的。我真的想去看看他，只是去看看他而已。"我说到这里，声音已经忍不住哽咽了。

"好吧，我相信薇儿的，不要让爸失望，爸供你上学不容易啊……"父亲终于肯把何世泽所在的人民医院地址告诉我了。

我是感激父亲的，我知道他所做的一切都是为了我好，可是没有何世泽，我又能好到哪儿呢？不是么？哪里才是我苦苦寻觅的幸福呢？

打完电话后，我的脚步沉甸甸的像浑身灌满了铅一样。好难，好难，我不会再往前走，我告诉自己，我不可以伤害父亲。可是，我又该如何去放弃，那一份执着于心头多年的感情啊？什么都不要想了，我只想尽快看到何世泽，对他的担心一次比一次加重。我不能够不牵挂他。

我失魂落魄地回到寝室。我和对面的女生说："替我向老师请个假吧，说我有急事。"

"什么事情，这么急啊？"

"何世泽。"我回了一句。然后，就飞快地跑出了寝室。这个女生是知道何世泽的，因为我喜欢在她面前回忆他，回忆从前。

我跑到了学校大门口的时候，被一个声音叫住了："薇儿，你慌里慌张地去哪儿啊？"

我停下脚步，是周旭。"我，是我老家的一个同学病了，我要

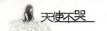

去看他。"我看着他，气喘吁吁地说。

"在哪个医院，很严重么，我送你去。"周旭很焦急地说。"不，不，我坐公交车，也不远的。"

"是什么医院啊？"

"人民医院。"我没有想太多，回了一句。就和周旭挥手再见，跑开了。

公交车上太拥挤了，已经没有座位了，我站在车上双手抓住座椅。心里怦怦乱跳，紧张，思念，慌乱……

刚才像是做梦一样，这会一下子清醒过来。我慌忙问司机，人民医院到了没有。"早就到了，自己都不看着的点。"司机不耐烦地说。我脸颊通红，没有说话。

下车后，只好又往回走了两站路。

费了一番周折，终于找到了何世泽所在的病房。

我轻轻地敲了一下门，不一会，一个头发花白的大伯给我开了门。

"妮儿，你找谁啊？"

"何世泽。"我说。

"哦，进来吧，他爸和他女朋友在这照看他，这个小伙子来这时间不短了……"

"什么，什么？"我怀疑自己听错了，连连问道。那大伯没有再回答我，径直走进了病房。

我站在门口，眼前的一幕让我思念的城堡瞬间塌陷。

何世泽憔悴地躺在床上，旁边是他的父亲，还有一个女孩在给他掖着被角。那个女孩不是别人，是让我第一次懂得嫉妒的人，洁。

不错正是她，虽然好几年都没有见到她了，我依然能够一眼认出她。
那个黑黑的，瘦小个子的女孩，她几乎和从前没有太大的变化。

　　是的，我不能不承认，我常常在自己的意想中，恶意地丑化她，
嫉恨她。仅仅是因为她爱上了我最爱的人。我什么都明白却一直自
私地认为，何世泽只能是属于我一个人的，永远只能是属于我一个
人的。多么深可见骨的爱恋，多么霸道天真的爱恋。

37　错落经年

　　爱情，是让人欲罢不能的东西，而嫉妒，则是悄然植入心中的一粒毒药。我是如此地嫉妒那个其貌不扬的女孩，洁。

　　是的，这份嫉妒源于几年前我意外地发现，洁在一张素纸上写满何世泽名字的那一刻开始。

　　我呆若木鸡地站在病房的门口，百感交集。洁，你怎么会在这里呢，你是不应该再出现在我眼前或者何世泽生活中的，我卑微的灵魂竟然是一直这样想的。

　　"薇儿，你怎么来啦，快进屋啊。"我正在发愣是不是该走进去的时候，何世泽的父亲看见了我，亲切地和我打着招呼。

　　"哦，我，我听说世泽病了在这里住院，就想过来看看……"我红着脸说着，硬着头皮朝里面走去。

　　"啧，啧，真是让你麻烦了啊。"何世泽的父亲很客套地说。

　　我笑笑："您都把我当外人了。"

　　何世泽好像听到了我们说话，睁开眼睛看着我。他凌乱的头发，深陷的眼窝，他是那样的憔悴和恍惚啊，我差点哭出来。

　　强忍着在眼睛里打转的泪水，我幽幽地说："泽，我来了，我来看你了。"

何世泽就那样深深地望着我，旁若无人地望着我，苍白的嘴角露出了浅笑。

那是怎样的一种久违的欣喜和伤悲啊，我们是懂彼此的内心的，一直都是啊。激动，期待，哀伤，诸多复杂的情绪混在一起，我们犹恐相逢在梦中。一切早已是此时无声胜有声了，早就是了。

"薇儿，坐吧，好几年都没有见到你了。"站在一旁的洁，憨笑着拉着我的手说。

"嗯，是啊，你也来啦。"我有些僵硬地说。其实我一直在故意忽略她，甚至不想和她说一句话，直到她欣喜地和我打着招呼。

洁笑盈盈地看着我说："薇儿，你快毕业了吧。"我点点头。"我和何世泽在同一所大学，明年也就毕业了呢，泽这次病得不轻……"

我听到她那么亲切地说着，那个让我心疼的名字，一阵莫名的酸楚迅速侵袭到心头。她那黑黑的脸颊和瘦小的样子，在我眼中是那样的丑陋不堪。

我强装着洒脱的样子，像没有听见她的话一样，将头转向躺在床上的何世泽说："泽，好点了吗？""好些了，你能来看我真是太好了，太好了。"何世泽望着我的眼睛，轻轻地说着，又像是在自语。

"这些天多亏了有洁在这里，忙里忙外地照顾他，查了几家医院也没有查出是什么病，慢慢调养就好了……"何世泽的父亲在一旁说道。

我听着，不知道为什么心里灰蒙蒙的，像覆盖了一层黑色的纱。

　　我心疼泽，心疼我们一点一滴无奈破碎的爱情。

　　我望着他，忽然内心就开始恸哭起来。我多想放弃一切所有的过去，曾经，未来，只要你，只要你啊。没有人能够代替你在我心中的位置，没有了。多少个为你流泪的日子，多少个为你望穿秋水的等待，你知不知道，你究竟知不知道。这一生，我还能够去为谁，为谁写下那一篇篇忧伤的文字，为谁受尽相思的折磨……再也不能够了，不能够了。除了你，泽，除了你啊。

　　在心里，我默默地说：泽，没有我，没有了我，你一定好好保重，好好幸福地活着。忘了我，忘了我们的曾经，就这样忘了吧，你要好好地生活……

　　"洁，给薇儿倒点水喝。"何世泽叫着洁。"嗯，我这就去倒水。"他们熟悉而默契的神情和对话，让我心里空落落的，难以抑制的心酸啊。我如何能够掩饰自己的绝望和心碎，如何能够！虽然这种绝望伴随了我那么久那么久，但是从来没有这一次来得彻底，从来没有。

　　我对自己说，不要去怪任何人吧，只要你是好好的就够了。然而，心里为什么会一阵阵地疼呢？

　　情非得已，情非得已！

　　洁的笑容是那样真实，她给我端来一杯水。我喝了一口，放在窗台上，极力掩饰自己的伤感。好多好多话，哽咽在心头，却无法对你说得出口。那是怎样的一种难以言喻的痛啊。

　　好像有人在敲病房的门，我跑过去开门，瞬间惊呆了。站在我面前的竟然是周旭！他的手中提着一大堆的礼品。

　　我惊诧而慌乱地问："你怎么来了？"

186

"我找了好长时间才算找到这里。"周旭气喘吁吁地说。我心里乱作一团粥，真是没有想到他能过来，我不想和他纠缠不清，更不想接受他的感情。因为我非常清楚，我对他是没有感觉的。

我真的希望他赶紧离开这里，尽快离开这里，我不想欠他的情。何世泽会怎么想我呢，我又该如何向他们解释呢？周旭的到来，无疑让我陷入极度的不安之中。我真是对他又生气又无奈，怎么这样呢，除了来添乱又能解决什么问题呢？

"薇儿，是谁啊？"何世泽好像听到了我们的对话，他的嗓音分明有些沙哑。我心里一下子就缩紧了，哎呀，该怎么办呢？

"哦，我是薇儿的朋友，听说你病了过来看看你的。"在我还不知道该怎么办的时候，周旭竟然自我介绍着往里面走去。

我真是恨不得一把将他拽住，可是已经来不及了。没有办法，我只有硬着头皮跟着往里走了。

这种尴尬的场面，是我万万没有想到的，早知道我还不如不来。

"来了就来了，这是干什么呀？"何世泽的父亲接过周旭手中的礼物，惊讶地说道。

"叔，没有什么，这只是我的一点心意。"周旭满脸堆笑地说。

不知道为什么我一直感觉脸上热辣辣地发烫。何世泽毫无表情地和周旭打着招呼："你和薇儿一个学校吗？"我突然点头"嗯"了一声。

那种气氛让每个人都难以放松，我忽然有点恨周旭，为什么要出来捣乱呢，为什么总是要不断地出现在我的生活里呢？

我偷眼看何世泽却刚好碰上他的眼神，那种冷冷的眼神，让我瞬间开始心痛。我知道，他在怀疑什么，我已经百口莫辩了。他分明是很抵触周旭的，我能感觉得到。

我恨自己，我风风火火地赶来，除了给病中的何世泽增加负担外，又有什么用呢？这样想着，我就想马上以最快的速度离开这里。

我深深地看了何世泽一眼说："泽，你要好好保重自己，我要回学校了。过两天我再来看你。"

"你回去吧，没有时间就不要来了，有爸爸和洁在这边照顾着呢。"何世泽淡淡地说。

何世泽的父亲非要周旭把礼物提走，周旭说什么也不拿，最后在一番拉扯之后，何世泽的父亲只好作罢。

我和周旭离开了病房。

何世泽的父亲和洁依依不舍地出来送别了我们。在走出病房的一刹那，我的心撕裂般地难过。我说不出那是一种什么样的感觉，我清醒地知道我好像要失去他了，纵然我明白我从来没有真正拥有过他。淡淡的憧憬从我心头被无情地掠夺，只剩下千疮百孔的痕迹……

让所有的遥遥无期的等候，都在我的眸子里消失吧，最终融入泥土；在我晦涩的呓语中，将你从彼岸的梦中招回。我多想要你忘记所有，好好地活着，就算你的世界里从此没有了我……

38 花落知多少

　　走出医院，我冷漠地走在周旭的前面，头也不回。心中对他的抱怨恣意地蔓延。

　　"薇儿，你好像很不高兴，你怎么了？"周旭快步追上我，横在我面前问道。

　　"你为什么要来，我不希望你总是出现在我的生活中。"我看着他愤愤地说。

　　周旭一副很伤心的样子，情绪激动地说："你知道吗？我有多么在乎你，看你那么着急的样子，我很担心你，所以就跑到你寝室打探了消息，接着就跑到医院来了。我找了好多的病房，总算找到了你们……跟你说，你不要生气，其实我早打听到你心里面有人了，只是你们不可能，我知道的……我也知道你们青梅竹马，我羡慕他，羡慕你这么深情地爱着他。可我更想让你拥有幸福，不忍心你沉陷于一味的痛苦之中，你明白我的心情吗……"

　　他一连串地说了那么多话，我很生气地说道："你激动什么啊？你整天打听我的事情做什么，我痛不痛苦不关你的事。"

　　"好了，薇儿，不要生气了，我所做的这一切也都是因为你啊。"

"周旭,你应该明白的,我们是不可能的,我对你没有感觉,是不会幸福的。"我觉得他真是昏了头。

"可是薇儿,我必须告诉你,我一直都想告诉你,我喜欢你,从我见到你的第一眼起。"周旭望着我的眼睛认真地说。我心里说不出来的震撼,不是激动和欣喜,是一种深深的负担,是的,是负担。

而何世泽从来就没有对我说出过这些话,这些话本应该是他对我说的啊,我一直这样执着地想。为什么会是周旭呢。没有人能够代替泽了,没有了。

"周旭,我们是不可能幸福的,请你放手吧。"我有些近乎哀求地说。医院来来往往的人不时地回头看着我们,我们多像两个小丑或者疯子。我已经顾不上这么多了,我想尽快让周旭放弃对我的追求,我不想这样糊里糊涂地接受一份感情,何况是我根本没有感觉的感情。

我的心只能容下一个人,那就是泽。我忘不了他,尽管心痛。

"薇儿,对不起,我惹你生气了。如果你和何世泽有可能的话,为了你的幸福我会放手的,可是,现在我是不会放弃你的,我想好好照顾你,好好照顾你一辈子。我一定会让你喜欢上我的。"

"周旭,你不用说对不起,我不想欠你的情债,也不可能接受你。我想,我已经不会再爱一个人了。"我望着苍白的地面,茫然地说。

"薇儿,无论怎样我都会一直等你的,不管多久。告诉你一个好消息,上个月我业绩不错,公司给我配了部轿车,因为忙,我可能以后来校舞会的机会就少了。不过我会去学校看你的。"

"我不要你来看我,真的不需要。"我冷冷地说。

"我们先不说那些事情了，我送你回学校吧，你先在这里等我。"
周旭说完就去停车场开车了。

我迅速地朝公交车站跑去，我不想坐他的车，也不想听有关他的一点消息。就是这样的，我甚至不想再见到这个人，因为他的忽然出现，何世泽该有多难过呀！

我匆忙地奔跑着，身后却不住地传来汽车的鸣笛声，我回头看是周旭，他撵上了我。"薇儿，有什么话以后再说好吗？你不要生我的气了，我要送你回去，一定要送你回去。"周旭从车内探出脑袋，坚定地说。

我想算了，在大街上闹得行人都朝这里看，像耍猴子似的。

我索性坐在了副驾座上，不说一句话。我的脸故意朝一侧扭着。不知道为什么，一直安静温柔的我，此刻却心里憋着一团无名之火，我却没有将它熄灭的能力。

很快我们就到了学校，我下了车回过头去，淡淡地和周旭说了声"谢谢"，径直往宿舍楼走去。

"薇儿，有什么事情别忘了打我手机啊。"周旭在我身后喊着，我没有回头。

关于我对他的漠然，我一直都不曾后悔。这也许就是爱与不爱之间的区别吧。如果是何世泽这样和我说话，我该会是怎样的一种激动与留恋啊。

我恍惚地回到寝室，躺在床上一动不动，我感觉自己像个空壳，而绝不像个青春四溢的人。

我躺在床上用被子蒙住头，再也无法压抑心中积郁的酸楚，任

泪水无声地滑落。

泽，为你流过的每一颗眼泪都是温热的，都是纯洁的，都是心甘情愿的啊。泽，能否让我再多爱你一天？能否让我多看你一眼？泽，你是我的，以前是，永远都是。

为什么，我不能像洁那样时常看到你，看到你的快乐和悲伤。泽，你心里从来都是只有我一个人的，对不对？对不对啊？

我使劲咬着嘴唇不让自己哭出声，绝望再次从我压抑的灵魂中汹涌而来，是那样的史无前例……

泽，我不哭，我只想你好好的。我假装着没有你我会幸福，假装着没有你我不会孤独。

我已经不是我自己了，我是谁，没有你，我还会是谁？多年来隐藏在内心唯一的光线，被现实的魔爪瞬间掐灭，我又能去怪谁，该去怪谁呢？

而你依然是你，依然是那个让我痛彻心扉的影子，依然是那个让我此生黯然的名字……

39 曾经沧海难为水

　　面对这场突如其来的慌乱，我快要丢失了自己。我已经打不开希望的缺口，我被疼痛折磨得筋疲力尽。

　　泽，你知不知道，你是这个世界上唯一可以解救我的那个人。如果，我们真的都已经回不去了，如果，来时的路途早已被火焰的眼眸望断；那么，让我忘记你也好。

　　深渊应该很近吧，你其实离我很近吧。我躺在床上，怎么也无法入睡。泽，你怎么可以是别人的，怎么可以呢？

　　我像个空壳，游荡在人群里，穿行于俗世中。

　　课堂上老师讲的什么，我到晚上怎么也回忆不起来，我的眼睛直愣愣地一直朝一个地方看着，却半天不会眨一下眼睛。我怎么了，我怎么了？心还是很疼啊，不能碰，不能想，却又不得不想。

　　那是怎样一种心碎的滋味。

　　爱一个人是不计较尊严和付出的，我一直是这样认为的。从医院回来的第三天，我终于控制不住自己，我要去医院看看他，再去看看他。

　　我放心不下他。

顾不上太多了，我吃不下饭，睡不好觉，我不能不去了。

我知道自己是一个多么矜持的人，但是如今没有什么比何世泽更重要的了。我神情恍惚地来到病房门口。我屏住呼吸，抬起手臂准备叩门，而手臂却不听使唤地停留在半空里，我凭什么再一次出现在何世泽的面前呢？凭什么呢？

你病得这么厉害，我却没有守在医院照顾你一天。我不但不能给你任何安慰，反而因为周旭的出现让你伤心。我究竟该怎样再一次站在你面前呢？自责，矛盾，我使劲地咬着嘴唇，直到嘴里有种咸咸的涩味……那来自我体内的血，才让我觉得好过一些。我没有办法赎罪，我真的好想看看你，只是想看看你……

在我犹豫不决的时候，病房的门开了，是何世泽的父亲。"薇儿，你来了，快进屋啊，我去趟厕所。"我红着脸，点点头。

何世泽半躺着，看起来比前两天好些了。洁在离他很近的地方坐着，两人像是在说着什么。何世泽先看到了我，惊讶地说："薇儿，你怎么又来了？"

"嗯，我就是想看看你，好些了吧。"我鼓起勇气说。

"我过几天就出院了，没事的。"

"对了，还要谢谢你男朋友来看我。"何世泽的口气，像是在和一个陌生人说话。

"不，不，泽你误会了，他不是……"我慌忙地解释道。

我还没有解释完，就听何世泽幽幽地说了一句："他看起来条件不错，只要你过的幸福就好了。"

"真的，不是这样的，我是不可能接受他的。"我心里升起一股浓郁得化不开的惆怅。我在想，爱与伤究竟有什么区别？

"说这些，有意义么，我只希望你过得快乐……"

我还能说什么呢？短短几天，我就被冷落得像大漠孤烟。又能够去怪谁呢？你相信也好，不相信也罢。只有我自己才知道，我有多么痴狂地爱过你。

爱一个人竟然如此艰难，而被爱却又是那样的痛苦。这究竟算不算一个错误呢？我，何世泽，洁，周旭，究竟是谁错了呢？

如果不可以拥有，如果注定是伤痛，为什么还要去爱呢？而爱情又是如此的让人无能为力，不是么？我知道爱你是痛苦的，却仍然死不悔改。

可是这个世界上有谁比我更爱你呢？如果说是洁，那也是因为她能够爱你，而我却不能够啊。我承认，我佩服，洁对你的爱让人惊讶，一个姑娘家不上学请假来医院照顾你；可是我对你的牵挂和爱恋是埋藏在心里的啊，你以为我不会这样做吗，我也会的。

而那个周旭，我对他丝毫没有感觉，你怎么就不明白呢？爱与不爱就是这样，让人备受折磨，疲惫憔悴。

你让我去幸福，去哪儿幸福？没有你，没有你，我怎么能够去幸福呢？没有你，什么样的条件能够和爱情媲美呢？你不懂得爱情是无价的，是最至高无上的么？

一切都已经来不及了，你的心里已经埋下了一颗熟透的种子，它怎么可以再发芽呢？

任凭我有多么留恋，任凭我有多么绝望，不是么？

何世泽的伤悲是写在脸上的，他是瞒不过我的，从小到大我怎

么能不懂他呢？我想要再说些什么，他打断了我，伤心地说："薇儿，你别说了，我什么都知道。"

我知道他已经误会了我，觉得我是一个感情不专一的人。而洁却感动了他，因为洁在现实中要比我付出的多。而我呢，我的爱是埋在心底的，我的泪是流在梦里的。可是泽，我不这样我又能如何呢？残忍的世俗，无情的现实，我只能选择逃避。纵然我恨透了自己这个没用的胆小鬼，无耻的懦夫。

我已经无话可说，不管怎样，我知道我和泽之间就这样被现实渗了进来，再也无法抹去。我能够再说些什么呢？

何世泽的伤心，让我感到寒冷，感到绝望。就是这样的，我欺骗不了自己，我洒脱不了，我放不下。

其实，我要求的算不算多呢？我只是想要一个自己倾心的男孩，可是却永远都无法实现。因为，他只是泽，他无可替代。

我该悲哀么，或者此刻就放声大哭一场？

我付出的不多，是不多，只是心碎，只是眼泪。而洁，洁付出的比我多，洁的付出是真实的。可是，我又何尝不想那样去为自己心爱的男孩付出呢？

洁那张黝黑的脸，还有卑怯的笑容，以及那小小的个子，她给人的印象出奇的不好，我想所有的人见到她，应该都是这样的感觉的。抛开我对她恶意的丑化外，她也绝对不能称为漂亮的。而她却是深爱何世泽的，那样深爱着他。

是的，爱情是不分高低贵贱的，我终于知道了。

而我那时候是嫉恨洁的，我知道的，因为她能够光明正大地爱着泽，我却不能。我只能蜷缩在阴暗的夜色里，为了破碎的爱情悄悄哭泣。

现在回忆起来，我才知道那么一段过去，我是不应该嫉恨洁的。我为什么要嫉恨她呢？她代替我照顾了自己心爱的男孩，而自己又不可以，我又有什么资格嫉恨人家的呢？

时间是把利刃，一滴一滴杀死年少的幼稚和天真。我不能不承认，那时候自己并不懂得如何去爱一个人。

我和何世泽还有洁告别后，心情沉重地回到学校里。我不停地想从前的点点滴滴。

我感到前所未有的孤独。

我特别想念哥哥和父亲，我忽视他们俩已经好久了。是这样的，我真的忽视他俩好久了。

我想听到父亲的声音，我往小集上打了电话。

电话是父亲去接的。

"薇儿，你去看他了没有？怎么样了？"父亲的第一句话就这么问。

"嗯，我看他了，快出院了。我没事的，你不用挂念。"我知道父亲怕我对何世泽继续沉陷，或者向前走。这下好了，你老人家什么都不用担心了，我心里幽幽地想。

"爸，你和哥哥都还好吧？你要照顾好身体啊！"

"我和你哥会照顾自己的，放心吧！关键是你啊，一个人在外，不管遇到什么事情，你都一定要多动脑子啊……别不舍得花钱吃饭，一定要吃饱……"

……

给父亲打完电话，我拖着沉重的步子回到学校。

"薇儿，我等了你老半天了，你去哪里了呀？"周旭在学校门口站着，一脸焦急地叫住我。

我无精打采地说："去给家里打了个电话，没事。"

"呀！怎么成这样了？看看你的脸苍白成什么样了！"周旭看着我，惊讶地叫道。我笑了笑，没有说话。这几天，我的确太累了，心里面千疮百孔，却又无法对人说出口。

周旭把我送到了寝室，知趣地走开了。我躺在寝室的床上，疲倦立即席卷而来。我听到周旭安排我对面的女生："麻烦照顾下薇儿，有什么事情打电话给我，她好像精神很不好。"

我的心头却没有丝毫感动，如果不是周旭，何世泽也不会误会我。都是周旭，我愤愤地想。我一直想着是周旭故意去医院捣乱的，所以，我怎么能不生气呢？

生活如此松软，我陷入其中，无处抽身，孤独在我身上无限扩大，我被伤悲彻底地淹没……

我的脸上没有过笑容，只有素纸般苍白，可是我喜欢自己这种憔悴不堪的样子。虽然我知道我也是渴望呵护，需要温暖的女孩。

如果我爱一个人应该怎样去爱？爱我的人应该怎样爱我呢？

我再三地冥思苦想：何世泽是不是也像我一样痛苦不堪呢？我在担心洁从他心中将我代替么？不是，这一点我是能够保证的，没有人可以代替我在何世泽心目中的位置的。只是我觉得和何世泽之间本来应该纯净如水，不能掺杂任何尘埃的。而洁就像我眼里一粒浑浊的颜色，悄然渗进我们的世界。让我觉得有种不可名状的愤慨，但我绝不后悔，有关我和泽的那种无人可及的爱情，我永远都不会后悔。而泽，认为我之所以迟迟不肯表白心迹，苦苦逃避着他，是因为周旭或者因为周旭的物质条件。他如果这样想，他心里肯定是痛苦的，以为自己苦心守护的爱情，竟然被渗入了这样的邪恶。而从前的憧憬，又该如何继续下去呢？

泽，我们已经不可能在完美中结束。既然爱你，只是一场梦，那么就让它在还没有清醒的时候，开一朵鲜艳的花吧！

盛开和凋零之间，其实也只是瞬间，我愿意用一朵花的姿势，去领悟这样的过程，可是，我始终要感激你的。泽，是你给了我这样的开始和这样的过程。多好啊！我所有的悒郁都在这样的过程中丝丝减轻，我应该是这世界上最幸福的人，因为是你给了我这样刻骨铭心的感觉。

我又有什么理由责怪命运的安排呢？我又如何去责怪命运的安排呢？我是个纯粹的胆小鬼，无耻的懦夫！不是么？我心疼的爱情，却在无数次的逃避和犹豫中，悄然凋零……

40 此情成追忆

我像是大病初愈一般，浑浑噩噩地继续穿梭在校园里。所有的人都以异样的眼光看着我，我无所谓，我已经无所谓了。我什么都没有了，除了这个纤弱的身体外。

此前，我反复憧憬过的长相厮守，原来都是空的，原来是经不起任何碰撞的。就这么轻轻地在我的生命中，轰然坍塌了。

晚上，我站在学校的阳台上，看不见月光，看不见璀璨的星子。只有我的泪光，只有一阵阵在我耳际徘徊的火车鸣笛声。

从三年前来到这个陌生城市求学的那一晚，直到现在。那种刺耳的火车轰鸣声，没有一晚不是让我感到苍凉的，孤独的。

直到多年后的今天，我依然害怕听到火车的轰鸣声，我的心时常会莫名而抽搐地感到荒凉和疼痛。

我苦苦地翻来覆去地想，却始终不能释怀。

那天，寝室里那个和我关系较好的女生，小心翼翼地问我："薇儿，你怎么了？你心事重重的，这几天一点精神都没有。"我舔了一下干裂的嘴唇，想要故作轻松地笑笑，没料想眼泪却一下子汹涌而出。我早该痛哭一场了，压抑了太久太久了。

我对她说出了自己的哀愁。

她安慰我说："薇儿，爱情是两个人之间的感觉，其中滋味只有自己最清楚。可是也许你们之间根本就是一种懵懂的心动，那种爱情是不成熟的，如果一直这样压抑痛苦，不如，就先放下吧。你这样爱得好苦好累，却彼此都说不出口……"

我低着头。看自己的泪珠不断地散落在地上，溅起一个个圆圆的晕。我心里很乱，话虽如此，我自己也能听懂，可是心里的疼痛却怎么也无法驱逐。

"我也不知道，我觉得现在的自己就像一方废墟……"

"薇儿，别这样了，想想你的父亲和哥哥，他们不希望看到这样消沉的你啊。"

听她这样说，我沉默无语了。转眼一个星期过去了。

我的精神状态并没有好一点。我的脑海中满满地装着何世泽的影子，他不停地晃来晃去，还有他抑郁的眼神，牵扯着我的心痛在无边无际的悲凉中。

无论如何，我都要再去看何世泽一眼。他快出院了，只要他好好的，我痛苦一点又算什么呢？

那一天，天气阴沉沉的。我去医院看了何世泽。

何世泽告诉我说："你来得真巧，洁已经去办理出院手续了，等会就要出院了呢。"

我情绪激动地说："呀！是很巧，如果我再迟来一个小时，估计你就已经离开这里了。"我本想再补充一句，如果那样就不知道什么时候能够再见到你了。可是，我最终没有勇气说出这句话。

接下来，我们就那样看着，谁都不说一句话。

藏在心里的痛苦是看不见的，可是我们又为什么要隐藏呢？就这样到了尽头么？就这样，那就让那个洁陪你到老吧。那一刻，我恶意地想。

泽蠕动着苍白的嘴唇，好像有什么话要对我说，我的心马上怦怦乱跳，我多么期待啊。然而，他最终什么也没有说，悲哀地长叹了一口气。

"你叹息什么？"我不由地问道。

"没什么。"何世泽依旧目不转睛地看着我，轻描淡写地说。我不相信，他绝对在欺骗自己的感觉，也在控制自己的感觉。

可是，我是不会先说什么的，我就是这样一个执拗的女孩。所有的悲伤和痛苦也是，我一个人活该，活该的承受，我就是这样想的。

让爱情无疾而终了吧，我绝望地看着他，我们依旧不说一句话。这样似曾相识的相望着，是由来已久的啊，不是么？多年以前，当我们还是孩子的时候就是这样。而今天，一切都已经不同于从前了，长大了。长大了有什么好呢？

我悲哀地掐着自己的手指，我想清醒么？可是我分明是清醒着。眼前这张脸，这张让我无数次回忆的脸啊，此刻为什么如此陌生呢？

洁回来了，欣喜地和我打着招呼，我勉强敷衍着，心里却愤愤地想：你为什么就那么高兴呢，而我什么要如此痛苦呢？我嫉妒她，依然是嫉妒她！我控制不住自己。

办理完出院手续，我把何世泽他们送上了火车。心，一点点开始皲裂，淌血。

火车启动的时候，何世泽从车窗探出脑袋，我们使劲地挥着手……

我多想，他能够对我说些什么，在最后的一丝希望里；我多想，他能够轻轻地吻吻我，做最后的告别也好。扔掉我束缚我多年的羞涩，多少次梦中他曾经吻过我啊，而醒来却是无休止的眼泪和伤悲……

他挥动的手，在我的视线里渐渐地消失，我的眼泪再也忍不住滑落下来。泽，你还在挽留什么，一颗为你而破碎的心吗，一个为你而憔悴的灵魂吗？

我的梦，我的青春，我的全部。在你挥手的那一刻都带走了，一点不剩地带走了……

我们的路也许已经走到了尽头，无可挽回了。

毕业的这一天，眼看就要来临了。平常不怎么亲昵的同学们，此时都显得有些悲伤和留恋。

同学们都是经历了，从刚开始对这个学校的陌生和厌烦，到将要离开它时的难过和不舍，真是感慨万千啊。

夏天快要进入最炎热的时候，我的心仍然是冰冷的。

常常想起何世泽，那纯真的脸，那深邃的眼睛；还有洁，洁黝黑的皮肤在我梦里面晃着，一如午夜的静谧。在梦里，洁对我说："薇儿，我真的很喜欢泽，可是他却只喜欢你，都是你，你为什么要伤他的心呢？"听着她的话，我生气了，我声嘶力竭地叫喊着："你看看你丑陋的样子，什么时候轮到你指责我了，你凭什么抢走我的泽，我再也不想看到你！"然后，我就怒目而视地看着她，而洁低着头，紧咬着嘴唇很是自卑的样子。接着，我看见何世泽横在我们中间，冷漠地看着我，俯首去安慰洁。我在心痛中醒过来，满脸挂着泪痕。

是的，我是嫉恨洁的，为什么要这样嫉恨一个人呢？嫉恨她，竟然让我如此痛苦，如此难过。我望着窗外冰凉的黑夜，感到是那样的无助和悲哀。

何世泽对洁就算是有感情，充其量也只是感激之情，而绝非爱情，这点我是知道的。所以和洁在一起，何世泽是不会幸福的。而洁，你爱上了一个不爱你的男孩，又何尝不是你的悲哀呢？我愤愤地想。

而泽爱的只有我一个人，虽然他从来没有说出口，我是懂他的。我从没有告诉过他，我爱他，却早已把一颗纯洁的心给了他。这难道不是我对爱情最好的诠释么？

可是到了现在我才发现，我早已因为那段没有开始的恋情而变得荒凉，以至于有些窒息。我什么都没有了，多少年来的憧憬和思念，都颓废地只剩下白如素纸的眼泪。

然而，洁呢？她比我幸福，她应该是幸福的，她的爱是真实的，是奔跑于阳光下的。

我一个人坐在寂寞的窗前，世界仿佛就是这么小，只在我一个人的眼中。那曾经天真的少女和孤独的童年，一起站在月光下看着我，沉默无言。

我慢慢地成为另外一个人，变得世俗而无奈。谁又不是这样变过来的呢？

浪迹在尘世中，游走于春天的背后，我是最孤独的那一个。是啊，我一直是最孤独的那一个。

我们不能回头了，早就不能了。我的思念早已是一缕幽魂了。

41 怜悯是一种错

泽，你也许永远都也不会知道，我越是努力地忘记你，却越是痛得撕心裂肺。原来爱一个人如此艰难，可是又有什么办法呢？那就让你缔结在心头吧，这样也好，你就是精神支柱，你就是坚不可摧的守护，我依然天真地想。

时间一点一滴地流逝，我陷入松软的回忆里，无力自拔。

我早已不记得那个周旭了，我心里只有何世泽一个人，他已经占据了我的灵魂，我怎么能够重新接受一份新的感情呢？我不能。

然而，那个周旭却反复地给我制造着惊讶，制造着震撼的事件。他让我感到惶恐，是的，的确是惶恐。

这些日子，周旭不断地来学校找我，我总是刻意躲避着他，不愿见到他。寝室的女生都说他的痴情让人很感动，我却是不以为然，丝毫不为所动。

北方的风沙很大。那天，也是大风刮得尘土飞扬，昏黄的天空中飘起诸多红的或者白的垃圾袋子。看样子又要下暴雨了。

下课后，我和同学们头顶着狂风往宿舍楼里跑。风刮得人连眼睛都睁不开了。

　　"薇儿，薇儿……"有人在风里喊我，我顺着声音转过头去，是周旭。周旭被风吹得看起来有些狼狈，洁白的上衣被风掀得不成样子，头发也遮住了半边眼睛。有些日子没有见到他，他看起来竟然是那样的憔悴。

　　我本想转身就走的，却有些不忍心。我站到他面前，风太大了，我扯着嗓子问他："周旭，有什么事情么？这么大的风，你怎么不站在楼道里啊？"

　　"你知道么？我一直在等你，我来找过你好几次，你都不见我；你知道我有多么担心你么？我有多么想念你么？"周旭深深地望着我，一连串地发问。

　　"周旭，我和你说过了，我们真的没有可能，你不要再这样了，好不好？"看到他这样，我有些气急败坏地说。"我不喜欢你，这样下去，对彼此都是一种伤害！"

　　"我不管，我只在乎自己的感觉，我喜欢你，我不能没有你。"周旭在狂风中使劲大喊着。

　　"请你自重吧，你为什么要反复出现在我的生活中，为什么？你的出现对我是一种痛苦，是一种沉重的负担！"我恨恨地喊叫道。

　　"薇儿，我喜欢你，我爱你，难道爱一个人有错么？我也不知道自己为什么这样，偏偏就放不下了。"周旭的眼睛里溢满了泪水，我不知道为什么，忽然有种心痛的感觉。也许是因为自己曾经苦苦地爱一个人，流过太多的眼泪吧；我说不清楚那种感觉。

　　我一下子无语了。

　　"你随便吧，我要回寝室了。"说完，我就从风中跑开了。

回到寝室的一会工夫，雷声轰鸣，天空开始落下大滴大滴的雨水。我心里乱哄哄的不是滋味。为什么整天要纠缠我呢？我的日子已经够难过的了，为什么还要这样对待我呢？

"薇儿，快看啊，周旭在大雨里面站着，淋得像个傻子。"忽然寝室里有人叫道。我从寝室的窗户往外看：周旭已经被雨水淋透了，仍然像个雕塑一样，一动不动地站在那里。我怎么遇上了一个如此偏激的人呢？我心里恨恨地想，让雨水淋淋把他浇醒也好！

我叹了口气，关上窗户，故作镇静地说："他自己愿意淋雨，我有什么办法，任他去吧！"然后，翻开一本书却一个字也看不进去。寝室的女生，你一言我一语地起着哄："呀，真是两耳不闻窗外事啊，人家在外面都淋成那样了。"

"就是啊，周旭就是太痴情了，可惜啊，就是爱上了一个不爱自己的人。"

"是啊，是啊，大家要引以为戒啊，找对象呢，就要找爱自己的人，千万不要像周旭这样，免得自己遭罪受伤……"

……

我听着她们的议论，心里面感觉潮潮的。雨越下越大了，窗外电闪雷鸣。一道道的闪电不断划破长空，刺着我的眼睛。说实话，我平时最怕打雷了，而此刻，周旭却傻傻地站在雨里，为什么要那样惩罚自己呢？哎！

"薇儿，解铃还须系铃人，你去把周旭拉回来吧，那样一直淋雨谁能受得了啊。"在寝室女生的劝慰下，我放下了矜持，拿了把雨伞跑出了寝室。其实，我更多的是对周旭的怜悯。在我跑出去看到周旭的那一刻，我莫名地开始愧疚。在心中，我默默地对泽说："对不起，对不起。其实，我的眼中只有你。"

我撑开的雨伞，罩在周旭的头上。雨水像瓢泼般打在雨伞上，周旭紧闭的双眼缓缓睁开了。

他已经被雨水淋成了落汤鸡，我此刻真的有些可怜他，真的。我不是无情的人啊，我一直都不是。

"薇儿，你是心疼我的，是吗？是吗？薇儿。"周旭看到我的第一眼，就是这么一句话，他的嗓子已经沙哑了。

"周旭，先去我们寝室吧，不要再这样折磨自己了。"我望着周旭说。

周旭冰凉的胳膊挨着我的胳膊，我觉得是那样的恐慌。因为长久的站立，他的步伐显得有些踉跄。

回到寝室中，我从男同学那里借来了一套衣服给周旭，他去卫生间换掉了湿衣服。

至此，我没有想到，仅仅因为这次的怜悯之心，竟然给以后的岁月带来诸多的困惑和无尽懊悔的泪水……

同学们已经开始公开说周旭是我男朋友。我很无奈，也无法解释清楚。

而周旭呢，也因此觉得我对他是有些感情的。好像以前我所有的拒绝，都因此而变得毫无意义了。

如果能够再回到从前，我坚决不会因怜悯而给周旭点滴希望了。我也不会因为自己的天真和慈悲，无意中伤害周旭，伤害了自己了。我从刚开始就犯了一个致命的错误，那就是单纯善良得太无度了。

可惜人生是没有如果了，人生不可能重新来过了

爱上一个不爱你的人是一种不幸，被一个你不爱的人爱着，是幸福的么？也不是！

说起来，好像爱情很简单，然而，事实上呢？事实上爱情是一种最让人揣摩不透的东西了。

活在俗世之中的人们，又有多少人不断地被爱情燃烧在幸福之中，或者被爱情冰冻在痛苦的边缘呢？谁又知道。

悲欢离合，谁人能够摆脱？

42 苦苦逃避

周旭淋雨事件以后，我的生活和心情变得更加沉重和困惑。不喜欢的一个人，却偏偏又要被他疯狂地追求和不顾一切地付出，我怎么能不感到迷惘和压抑呢？而我单纯的思想又最终注定了，我要被囚禁于这场爱的悲剧之中，难以抽身。

岁月在一点一滴地流逝，河流在一寸一寸地老去，而我对何世泽的思念，却无法停止。我不想如此痛苦，我不想，却又无法控制自己。

我该怎样去挽回一段曾经不可能延伸的爱情？我该怎样去拒绝，如今纠缠于生活里锲而不舍的追求？我茫然地望着夜空，还是为你心痛，我禁不住热泪长流。

我一味地任凭自己心碎，任凭自己流泪，我喜欢自己痛苦不堪的样子。活该！活该如此！我故意嘲讽自己脆弱的灵魂，冷酷而绝情。是的，很多时候，我只对自己一个人残忍，一个人绝情。我整日整日地肆意挥霍，身体中的孤独和灵魂深处的疼痛……

除了这千疮百孔的一颗心外，我其实早已一无所有。

没有何世泽，我宁愿一无所有，我依旧骄傲而天真地在日记中写道。

　　再有两天就要结业考试了，也意味着同学们就要各奔东西了，整整四年的大学生涯，弹指一挥间！好像直到这个时候，同学们才开始感叹时间的飞快，才惋惜几年来的同窗之情。

　　同学们忙着整理，各种派得上用场的证书和资料。

　　准备找工作了。

　　有些比较优秀的同学已经和企业单位签约了，只等考完试投入到工作当中，一显身手了。那些整天谈恋爱，混文凭的同学，现在最发愁的就是他们了。到最后连考试都过不了，不知道他们该怎么办。

　　那天，考完最后一门课程后，我长长地出了一口气。是的，我好久都没有如此轻松过了。

　　远远的，我看见周旭站在校园的小路上，微笑着望着我。不知道为什么看见他的那一刻，我的心就猛然缩紧了，像装满了沉重的东西。我想转身而去假装没有看见他，却被他叫住了："薇儿，我一直站在这等你，考试怎么样啊？"

　　"哦，你来啦，应该还行吧。"我敷衍地说。

　　"走吧，我请你吃饭吧。为你的顺利毕业而祝贺！"

　　"我不去，我还有事。"我坚定地说，"明天我就要搬出学校了，你以后不要再来找我了，我不会再见你一面了。"

　　"你知道我有多爱你么？你为什么不见我？你要搬到哪儿去？"周旭一连串地问。

　　"我说过了，我们不可能的，我不想见到你。"

　　"那好吧，我不会再见你了，再也不会了。"周旭说完，弯下腰捡起半块砖头，朝一只手上拼命地砸去。我一下子吓呆了：他的五个指头其中有四个都在往下滴血，手指甲挂在指尖上，其状惨不忍睹。

我吓得大叫，很快有好多同学围了上来，周旭被我的几个同学强行带到离学校最近的医院里。

医生给周旭包扎好伤口，让他输液，他大嚷大叫着："我不输液，不要给我看病，我活着还有什么意思啊……"我心里像针扎般难受，不是因为心痛，而是我太痛恨自己了，我怎么就遇上了这么一个疯狂的家伙呢？

同学们硬是七手八脚地把周旭抬到了病床上，不输液怎么行呢？手指甲都砸掉了，怎么对自己如此残忍呢？我不明白。以前，我在对爱情绝望痛苦的时候，也爱自残的，但绝对没有他这么严重。我不明白，我到现在都不明白。周旭反反复复地自残，不顾一切疯狂地追求我，是因为太爱我了么？还是他根本就是一种强烈的占有欲，根本就不是爱呢？我不知道，我到现在都不知道。

医生给周旭输液后，他总算是安静了下来。同学们都走了，有一个同学临走的时候小声地对我说："何薇，你男朋友太痴情了，也太可怕了。"

等我关上门，就看见周旭眼神里有一种怪怪的狐疑，果然他气呼呼地问我："薇儿，刚才那个男生在说什么，有什么不能明说么？干吗神神秘秘地说啊？"

我被气得一下子说不出话来，我没有想到周旭会是这样，太不可理喻了。怎么如此心胸狭窄，小肚鸡肠呢？本来我同学只是说了一句无关紧要的话而已啊，眼前的这个人怎么会是这样的呢？我悲哀地望着盐水瓶，不说一句话。

如若不是在这节骨眼上，我肯定是站起身就走了。周旭看我不说话，好像也冷静了下来，他小声地问我："薇儿，不要扔下我不管我，好不好？我可以一辈子对你好，一辈子。"

"先好好把你的伤养好吧。"我最大的毛病就是心太软了，本来一肚子的火气，现在看到他可怜的样子，我又不忍心说什么了。

"你为什么如此偏激呢？那样砸自己的手，我们就有希望了么，就可以挽回事情的局面么？你的性格没有人受得了，真是太暴躁了。"看到这会周旭平静下来，可怜巴巴地望着我，我发怒道。

"对不起，薇儿，我也不知道当时自己为什么这样，我太冲动了，我以后再也不这样了。"周旭依旧挂着满脸的乞求说。

我无语。

就你这么偏激的人，谁还敢和你继续相处下去呢？更何况我根本就不喜欢你，和一个不喜欢的人在一起怎么会有幸福呢？明天的明天，我一定要逃脱你的追逐，过自己轻松一点的日子，这样下去对彼此都是折磨，又是何苦呢？

心里虽然这么想着，我却是绝对不能扔下他不管的。我不忍心让一个因为我而受伤害的人，去独自承受绝望和痛苦。因为那种绝望的痛苦，我以前也是体会过的，我不想有谁再去体会啊。我不是在强调，我有多么善良，我本来就是这样想的。如若不然，我又何必为这种情感的纠缠而痛苦压抑呢？

输完液以后，周旭就嚷嚷着离开医院，我拗不过他，只好送他回到学校。到了学校天已经黑了。他的手是没有办法开车了，而这么晚了公交车也没有了。周旭硬是求着让我去他家一趟，让他的爸爸妈妈看看我。我死活不肯去，我又不愿意接受他，去他家里干什么呢？

最后他干脆拦了一辆出租车坐进去，他不舍地和我挥着手。嘴里喊着，"薇儿，明天我还来看你。"

而他的离开，对我来说绝对是件解脱和快慰的事情，我如释重负地叹了口气：到此为止了，到此为止了，我再也不可能见你了。

回到寝室里，一片苍凉的感觉，床铺被翻得乱七八糟，整个寝室空空如也。前两天，中文系的同学们就开始忙着租房子，找工作了，而我到现在还没有自己的生活目标。

我心里乱哄哄的，很是茫然。终于熬到毕业了却没有丝毫的轻松感，反而要面临更大的挑战：生存，人际关系，工作。我还是一片空白。

正这时候，我听到门口好像有人在喊我："薇儿，他们都走啦，还剩你一个人啊？"

和我说话的是隔壁财会班的楚晴，楚晴算是我一个老乡，老家离得比较近。虽然平常我们不怎么来往，但是还是感觉有些亲切的。

"嗯，进来坐吧。"这会能看见个人，我感到无比的欣慰。

楚晴说："我也是正找房子呢，要不咱俩合租吧。"我是那种独立性较差的人，听楚晴这么一说，马上不假思索地答应了。因为我也想尽快地离开这个地方，之所以越快越好，就是不想再看到周旭。我天真地认为：只要我离开学校了，找个地方躲起来，然后去找工作，这样我就能轻易地摆脱掉周旭了。

第二天，天刚蒙蒙亮我就醒了。

租房子，对我来说太陌生了。我根本不知道怎样去租房子，也不知道离开学校怎么生存，我感到很惶恐。

楚晴给他的哥哥打了手机，让他哥哥来到我们寝室接我们。以前听楚晴说，她哥哥楚飞是我们学校去年的毕业生，现在在一家公司工作。

我像一个盲目无措的鸟儿，横冲直撞。只要能够摆脱周旭，就是我目前唯一的心愿。无论如何，我都要尽快地逃出这个是非之地。

就这样，我和楚晴收拾好东西以后，站在门口闲聊着等待她的哥哥。

不一会，一个高高大大的男孩走过来，和我打着招呼："你好，我是晴晴的哥哥，我叫楚飞。听晴晴说，我们是离得很近的老乡呢！"我客套着和他说了几句，然后就拎着大包小包的"家当"离开了学校。

临走出学校的时候，我还偷偷朝学校停车场看了看，我是想知道周旭来了没有，我要在他来之前离开这里。

他的车还在。看样子周旭还没有来到学校取车。再见了，周旭。不，永远不见了，周旭。我感觉自己像长出了新生的羽翼，天空忽然变得是那样的幽蓝。

我们三个人坐上了公交车，我也不知道他们将要带我去哪里，只要是离开这儿就行。

我坐在车上，胡思乱想着。直到公交司机说，终点站到了的时候，楚飞才喊我们下车。

我以前在学校里只是偶尔和同学去过火车站，还有就是在老师

的组织下，去一些单位做零工。像眼前这样的地方，我还从不曾见识过。这里看起来乱哄哄的，十分嘈杂，让我感觉很陌生，很不习惯。我常常是这样，换一个地方的生活好多天都不能适应。

楚飞说，这就是都市村庄，知道不？我和楚晴相互看看，一脸的茫然，怎么这样的啊，我俩不约而同地说。

楚飞带我们进了一家小小的饭店，吃了面条。然后嘱咐我们别乱跑，他去给我们找房子，最好是离他住的地方近一些，以后好有个照应。

就这样，在楚飞的帮助下，我和楚晴有了自己的小窝。我们和楚飞的家只隔了两栋楼而已。听楚飞讲，他也是和同学合租的房子。

晚上，我躺在床上眼睛望着天花板怎么也睡不着。我感觉简直像做梦一样，昨天我还在学校，现在就跑到这儿来了。

"薇儿，你搬到这儿来，没有和你男朋友说一声么？"楚晴问我，她也是睡不着。

"他不是我男朋友，真的，是他一直在追求我，而我从来都没有答应过他。"我向楚晴解释道。楚晴一副似信非信的样子。

"那他找不到你该有多着急啊？听说他对你很痴情的啊，再说了人家周旭条件还不错，是你眼光太高了吧？"楚晴眨着一双水汪汪的大眼睛说。在我眼里，楚晴是非常有个性且漂亮的女孩子，尤其那双迷人的眼睛。

如果不是楚晴这样说，我还真是没有记起周旭，更别说担心他有多么着急了。我漠然地："又不是我要他着急的，我也是没有办法的呀！"

不知道怎么的，说到这儿，我就又想起了何世泽。我心里一阵酸楚，不由自主地我就给楚晴讲述了我与何世泽苦苦相恋却最终谁都没有说出口的故事。讲到伤心处，我就不住地落泪。

楚晴叹了口气，说："薇儿，你也是太痴情了，我谈了三个男朋友也没有像你这样哭哭啼啼。说爱就爱，说不爱就拉倒，有那么绝望么？"

"晴晴，我什么道理都懂，可是你不是我呀，我做不到你那么洒脱。"

"哎，我算是总结出来一个道理。"楚晴若有所思地说。

"什么道理啊？"我擦了一下眼泪。

"当你深深爱着一个人的时候，却也是对另一个深爱着自己的人最残忍的冷漠。"楚晴一脸的凝重。

这句话直到多年后的今天，我才真正地理解。而当时，我并没有真正懂得。

夜，已经很深了，楚晴说着说着就睡着了。而我却翻来覆去，难以入眠。

窗外，寂寞丛生。

曾经无数个日日夜夜，我为爱情痛书沧桑一纸时；谁曾如哭泣的水鸟，深望着我无言的伤痛？

多少隐忍疼痛的回眸，奔跑在星光灿烂或者阴郁而蒙尘的天空；多少苍白的羽翼，在迷茫的地方被折断最初的梦想？站在彼岸的渡口，是否会有一颗晶莹的白露，赐我不老的言语或者前世奢望的平静？

43 为了理想

一下子离开学校有很多的不适应，但是我心里还是轻松了不少，毕竟我可以过这种不被纠缠的自由日子了。我以为，我终于可以摆脱掉那个幽灵般的周旭了。

我似乎已经完全忘记了周旭以及他的模样。

在这个喧闹的都市村庄里，我开始了崭新的生活，眼前的一切都是陌生的。

我想家，想父亲，想哥哥；想千里之外的何世泽。

我给父亲打电话，说自己已经搬出学校了，会尽快找一份好工作。我能说些什么呢？只能这样说了。我不能告诉父亲，我被周旭纠缠得惶惶不可终日；我不能告诉父亲，我对未来道路的无限迷惘。我不能。

父亲显然是对我充满了希望的，他在电话里说话的口气是那样的自豪和有力："薇儿，你不用挂念家里了，只要你一心努力进取，以后能够过上好日子，就是对爸最好的报答了。"

我不能不给父亲希望，他已经为我付出了太多太多。至于过上好日子，到现在我也不能理解，父亲眼中的好日子是什么样子的？锦衣玉食么？桂冠荣衔么？在我眼里，这些都不是我想要的好日子。

没有了何世泽，我所有剩余的日子都将灌满无尽的空虚和孤寂，怎么可能会有好日子呢？

我最终忍不住还是小心翼翼地问何世泽怎么样了。父亲只是淡淡地说，他好像回学校了，一边考研一边做着家教。

我听完，心里面真像打翻了五味瓶一样。我为何世泽的积极上进而感到高兴，更为他坚强的意志感到心疼，他毕竟是刚刚大病初愈。

他终究不像我，为了那场看不见光亮的爱恋而颓废。然而眼前的情况与居无定所，让我无法写信给他，也无法和他取得联系。

我想尽快地找到一份工作，我已经失去了考研的耐心和动力。就这样了，就这样了。我颓废地想。

搬到这里的第三天，恰逢每周三的人才招聘会；我和楚晴拿上自己所有的证书，开始去人才市场找工作了。

求职的人可真是多如牛毛啊，我第一次见到这样的场面，内心竟然有一种苍凉的感觉。何处才会有一处属于我的用武之地呢？我有些惶恐地想。

一头钻进拥挤的人流中，我开始排队填写应聘的表格。抱着试试看的心态，我填了几份表格，都是招聘记者的报业。我没有任何联系方式，只好留了楚飞的手机号。

回到出租屋内，我和楚晴开始感叹求职的大学生何其多，一贯趾高气扬的我们，置身其中才发现自己是多么的渺小。

楚晴说，她填了几份招聘会计的单位，也不知道怎么样。我们心事重重地等待着用人单位的通知电话。

没想到只隔了一天，楚飞就来找我们，说有家当地报社给他打电话了，让我过去面试呢。我当时的心情真是欣喜若狂，不管怎么样这都是一次实现我梦想的机会啊。

由于不熟悉路况，我倒了几趟公交车才找到那家报社。

我还没有到报社的时候，天空竟然飘起了小雨。

走到负责招聘的办公室门口，我的头发已经被雨水淋得湿漉漉的，我感觉自己一定是一副很狼狈的样子。

我的前面已经站了三个女孩，最前面的那个正在和招聘人员侃侃而谈。我本来有些紧张地捏着衣角，这状态怎么能行呢？

我忽然想起了父亲希冀的眼神，想起了残疾的哥哥，想起了坚强的何世泽……想到这些人，我很快地就调整了自己的心态，只想着如何把自己最优秀的一面展现出来，才能顺利通过审核。

前面的人一个个都走了出去，轮到我了。

我把湿漉漉的刘海捋到耳侧，自信地坐在办公桌的对面。

流利地回答了招聘人员的所有问题后，我才发现自己的表达能力原来可以这么好。负责招聘的人微笑着对我说："何薇，你愿意先在这里做一名实习记者么？如果试用期通过，一个半月后录用为本报社正式记者。"

要知道，这可是本市最知名的一家报业了。我心里一阵惊喜，立即就答应了。

"明天起，你就开始来这里上班吧。"

"好的，谢谢！"

我不知道是怎样走出办公室的，心里面好激动啊，脚步也变得无比轻盈起来。

当我回到出租屋门口的时候，也就是下午 5 点左右的样子。

为了回报这几天楚晴兄妹对自己的照顾，我买了好多香蕉回来（在学校的时候，我一个穷孩子，从来不买水果，能吃饱就已经很好了）。

就在我拿出钥匙准备开门的时候，却听到屋子里传来一阵异样的声音，好像是急促的喘息伴随着莫名的呻吟声。凭着平常在寝室里听到的一些话题，我一下子惊呆了。羞涩，恶心，还有颤抖，我手中拎着的香蕉重重地落到了地上。

屋子里的一切声音都戛然而止了。我听到楚晴慌乱的声音："薇儿，等一下，等一下，我给你开门。"

我脑子里一片空白。我不敢相信，人怎么会如此的龌龊呢？我无法释怀自己的手足无措。

我想马上转身离开这个可耻的地方，房门却"吱呀"一声开了，从我们的屋子里走出来一个头发蓬乱的中年男人。

"你好！我是楚晴的男朋友，常听楚晴提起过你啊。"面对这样一种见面的方式，我不知道该怎样应对了，我不敢正视那人，敷衍地说了句你好。然后，我心里开始鄙视自己。

我硬着头皮走进屋子里，看到楚晴一副衣衫不整的样子，床上一个刚刚打开口的避孕套，像刺猬一样映入我的视线。

我感到一种前所未有的恶心和鄙视。

"薇儿，忘记和你说了，他叫赵子豪，是我男朋友。"楚晴指着那个头发蓬乱的男人对我说。

我轻声"哦"了一声，不知道心里是什么滋味。哪儿来的男朋友，真是太不自重了，我心里嘀咕着。

赵子豪一看就是那种色迷迷的男人，他的丑恶分明是长在脸上的。

吃完晚饭后，赵子豪走了，我才感觉整个空间的氛围好受了一些。

"薇儿，我爱上这个男人了，我该怎么办？"楚晴眨着那双清澈的大眼睛，让人绝对无法和一个轻浮的女孩联系到一块。

"他这样的年龄，应该有老婆的吧。"我不屑地说。

"他已经离婚了，他想娶我呢。""哦，那还可以，只要你喜欢。"

"是的，我不计较他的年龄，我喜欢他。"楚晴口气很坚定地说。

我摇摇头，笑笑："真不懂你们。"

"对了，你今天找工作事情怎么样了啊？"楚晴这时候才记起来问我。

"我明天就要上班了呢！"

"哎呀，太好了，你终于可以实现自己的理想了。"

……

其实，楚晴是一个很善良的女孩子，就是太不自爱了。谁有谁的生活方式，有什么好说的呢？我只希望她这次的爱情能够有个圆满的结局吧。

晚上，我躺在床上不停地想着白天的一些事情。想着想着，我不由得将自己的身子缩成一团，想尽量地离楚晴远一点。

我不明白，她那样践踏自己的感情和身体，究竟为了什么呢？究竟值不值得？

是的，在我眼里，楚晴是在践踏自己的感情，践踏自己的青春。

而楚晴的理想又是什么呢？和她交流了那么多，我却不知道。

44 **突然的耻辱**

转眼间，我已经上班一周了。我对这份工作的认真和勤奋，赢得了领导的赏识。在这里，我找到了一种自我价值的体现。

日子，黄昏，在匆忙中，悄悄滑落。我好像渐渐忘记了忧伤，忘记了何世泽。可以么？就这样忘了你。

这是我的第一个休息日，为了犒赏自己，我一觉睡到了大天亮。我起床后，看到楚晴的留言条，她说去同学那里玩了，晚上才能回来。

楚晴暂且没有找到工作，每天到处游逛。我们两个像两只相依为命的鸟儿，混迹在茫茫的都市中，只是生活的方式不同。

洗梳完毕后，我静静地坐在窗口，脑海中只想着给何世泽写信，如果不写的话心里就不得安宁。

我一口气写了六页，也不知道为什么那么多话；但是绝对没有涉及到我们之间感情的话题。信是写好了，我却不知道投向哪里，学校都放假了，他能不能收到呢？

欲寄彩笺兼尺素，山长水阔知何处！

想你了，想你了，你可曾知道？两行清泪顺着我的脸颊淌下来，想你，如此之痛，如此之美。我常常问自己，何世泽的心里一定有

许多话没说出来吧。他是在等待什么，而我却不知道。

我们也许再也没有机会了，一切都已经来不及了。不是么？那个洁不是一直爱你的么，你们就勇敢地相爱吧，相爱吧。我绝望地想。

有时我也会恨何世泽，为什么就不敢说出那句话呢？我在无边无际的思念里，反复折磨着自己的灵魂。而我只有亲眼看着曾经的爱恋一点一点地凋零、萎缩……

多年以后，当我再次想起那时与何世泽的两两相望，真有说不出的感慨，那种温柔的折磨到底是为了什么呢？

我的那封信最终也没有寄出去，我实在不知道该寄到哪里去。

吃完午饭，我躺在床上翻着杂志。忽然有人在敲我的门，我一愣，再听听就是敲门的声音。

"谁呀？"我没有多想，随手就把门打开了。进来的是赵子豪，就是那天自称是楚晴男友的中年男人。

他一进来，我马上就感觉很拘束。

"楚晴呢？"赵子豪一副色迷迷的眼神，盯着我问。我感觉很恶心，没好气地说："去同学那儿玩了。"

"啪"，我身后的防盗门竟然被赵子豪关上了，这是我万万没有想到的，我当时就一愣，感觉糟糕了。

"嘻嘻，何薇，我很喜欢你。"赵子豪说完，就一把抓住了我的胳膊。我吓坏了，死命地往后躲着："赵子豪，我要喊人了，我会告诉楚晴的。"

"你喊人啊，只要不怕丢人，至于楚晴那个臭婊子，我正想甩掉她哩。"赵子豪满脸狰狞的样子，唾沫星子飞溅。

　　我感到了前所未有的绝望，男人，男人太可怕了。这个城市，早就被人们各种纵横的欲望，腐蚀得不成样子了。

　　我要拯救自己，我要拯救自己！我惊呼了一声"救命"，却很快被那双魔爪堵住了嘴巴。

　　正在这时，门外传来女人的叫骂声，踢门声。"赵子豪，你他妈的给我滚出来，你背着我在外面搞女人……这次我算是跟踪到老窝了……你他妈的给我出来啊……"

　　我看到刚才还穷凶极恶的赵子豪，此刻竟然面如土色。我明白了，原来这个无耻的男人根本就是在欺骗楚晴，他有老婆而且没有离婚。我趁机迅速地跑到门口，一下子打开了房门。

　　我以为我终于得救了，那个坏蛋要得到惩治了。却万万没有想到，门口那个叫骂的胖女人，上来一把揪住了我的头发："好你个狐狸精，不要脸的，我找了你好久了……"

　　我还没有明白怎么回事的时候，脸上已被眼前的泼妇重重地打了两个耳光，我只感到眼冒金星，天旋地转。而楼下围观的人群，早已站满了小小的院子。

　　我早已无法解释清楚了，只是觉得当时就想找个地缝钻进去，我明明是清白的，是受害者啊。

　　而那个赵子豪极其仓皇地从我们眼前逃跑了。那个胖女人不依不饶地，抓住我的胳膊，不停地用肮脏的语言咒骂着我。

　　"你个狐狸精，这么年轻不学好，专门学着偷人家男人是不是啊？你不知道赵子豪有老婆有孩子吗……你咋这么不要脸啊……"

　　围观的人群都开始对我指指点点，我当时几乎要崩溃了。

　　我是那种一遇到事情就手足无措的女孩，我一直哭却一句话也说不出来。

　　我忽然看见了希望，我看到了楚晴。

　　楚晴从外面回来了。

　　"楚晴！"我看到楚晴一下子大哭起来。

　　我万万没有想到的是，楚晴听到我喊她，吓得跑得比兔子都快，眨眼间就没影了。

　　"狐狸精，喊什么喊，人家谁理你个不要脸的……"赵子豪的老婆嘴里不干不净地骂着我。

　　我感觉彻底完了，彻底完了。

　　这场无休止的侮辱和谩骂，直到有人报警后才算了结。我和那个泼妇都被带到了派出所。警察详细地作着笔录，那女人还骂骂咧咧地指画着我，警察不断地说着安静。就这样，我哭着把前前后后的事情给警察讲了一遍。

　　警察说，不要再哭了，我们相信你是受害者，然后商议尽快拘留赵子豪。这时候赵子豪的老婆也不骂了，傻傻地站在那里。我真是恨透了她，那个无知的女人，不去找赵子豪的麻烦，反倒疯狗乱咬人。我真恨不得上去撕碎她，来挽回自己丢失的尊严和伤害。

　　然而，许多的事情又怎么可能挽回呢？

　　回到小屋中，我看到楚晴正坐在那里，安然地照着镜子做面膜。我心里有一种说不出的辛酸和厌恶。"你回来啦？"楚晴好像什么事情都没有发生一样，看都不看我一眼说。

　　我不想再和她说一句话，甚至不想和她多说一个字。

　　事情本来因她而起，而我却为她承担了一个骂名和耻辱。我感到人情的冷漠和事态的炎凉。这些，我以前是万万没有想到的。一个看起来清纯的女孩子，怎么会有如此卑劣的心灵呢？为什么呢？

　　我的尊严和高傲，被楚晴无形中耍了，支离破碎！

　　我要离开她，搬出这里，尽快的！我恨恨地想。

　　还记得小时候，我在一本书上看到的一句话：只要内心的世界是美好的，外面的世界也就是美好的。这句话我牢记了多年，而现在却感觉那完全是骗人的鬼话罢了。直到我写下这些文字的今天，我对那句话的理解再次发生了变化。事实上那句话说得很对，只要内心别装着邪恶之念，那么你所看到的一切也就是纯净的了。譬如，我为楚晴背负耻辱的这件事来说，实则上是代楚晴受过了，这未必不是对我自身的一种修炼。

　　言归正传。事已至此，楚晴知道好多事情也瞒不过我了，她也不做任何的解释或者挽留。这一切，对于一个没有羞耻感的女孩来说，也是一种必然吧，我悲哀地想。

　　耻辱，这无尽的耻辱，让我无法平静。

　　我的脑海里一遍一遍地闪过那个泼妇疯狗般的叫骂。一遍一遍地闪过人群里指指点点的嘲讽，我的心无力平静。

　　我失魂落魄地走出门口，昏黄的街灯摇曳着我的伤悲，我坐在路边无声地流着眼泪，其实我一直都是脆弱的啊。我没有地方可去，我还是要回到那个充满了耻辱和肮脏的小屋，还要面对楚晴。这是我多么不愿意正视的现实啊，我觉得自己被岁月抛弃了，被现实淹没了……

45 锲而不舍的痴情

我紧紧地抱着双肩坐在马路边，像一只被遗弃的小猫。行人从我跟前视若无睹地走过，一个又一个。我是多余的，我永远都是多余的，被世界忽略，被现实忽略。不是么？还有什么更好的言辞来安慰自己疼痛的心呢？

生活为什么跟我想象的如此不同呢？那里充满了尔虞我诈，充满了邪恶和冷漠。我单纯的世界在一天之际，轰然坍塌，却又一下子无法筑起崭新的城池。没有人知道我的迷惘，没有人在意我的泪滴。

我其实一直都是渴望温暖的。而事实上呢？现实却一次又一次帮我撕去天真的外衣。

我忽然想起了周旭，就在那一刻，心里冰凉得要死的那一刻。我忽然很想很想听到他的声音，我怎么了？我不是一直对他毫无感觉的么？

我默默地走到公用电话旁，拨通电话。电话那边响起了"喂"一声后，我好像猛然间清醒了，我像被蝎子蛰了一样，迅速地挂断了电话。店主说，怎么又不说了，我不吭声，把话费给他就跑开了。

那个时候，如果我有何世泽的电话号码，我要拨打的肯定是他的。

是的，那一刻也许是太无助太脆弱了吧，才会想起周旭。也许在这个城市，毕竟周旭是给过我温暖最多的一个人吧。要不然，我怎么会忽然想起他，怎么会忽然冲动地打了他的电话？怎么会啊，他是我一直在苦苦逃避的人。

虽然经历了那么多刻骨的辛酸，可我的思想依然单纯得像水。我没有想到，因为刚才自己打通又挂断的一个电话，会让以后的日子重新陷入了无休止的困境之中。

夜凉似水，我茫然地走在大街上。我又想起临行前父亲的千叮万嘱，遇到事情多动脑筋，人生的许多事情都要学会忍耐，不要由着自己的性子。想起来这些，我的脚步忽然有些变轻了。是啊，我的父亲受了多少磨难，才把我和哥哥拉扯大啊，我怎么一点都不坚强呢？

我还是暂时回到那间小屋，先不要和楚晴计较。等过段日子，转为正式记者了，我就能够搬进单位住了。

而明天我还要上班，面对新的一天。我怎么可以如此颓废的不成样子？

我无奈地回到那间小屋里，楚晴好像已经睡着了。听到我刷洗的声音，楚晴迷迷瞪瞪地说："薇儿，你跑到哪儿去了啊，怎么才回来？"

我尽量调整自己的情绪，说："没事，就是出去转了转。"

"嗯，我先睡了啊。"

至于白天发生的事情，我们谁都没有再提起，只是各自心照不宣罢了。我也就装作什么也没有发生，我想一切都会过去的，我会

挺过来的。

第二天，我又像往常一样去上班。门口的一堆人正在兴致勃勃地讲着什么，我从跟前经过的时候，他们却马上停止什么也不说了。我知道，他们是在议论我，议论我是个坏女孩。我的脸还是不由自主地红起来。

我是问心无愧的，有什么比事实情况更具备有力的证据呢？我只好自我安慰地想。

就在那个耻辱的日子刚过去两天的时候，我的生活又被彻底地扰乱了。

那天我下班回来，楚晴兄妹俩已经在准备晚饭了。这些天一直都是这样，他俩做饭我负责刷碗，反正大家就是凑在一起混日子呗。

忽然我听到楼下有人喊我的名字："薇儿，薇儿……"

我们三人都很奇怪，会是谁呢？我在这里又不认识谁。

我们不约而同地走出屋子，而这时一个身影已经真真实实地站到我面前。天啊，是周旭！我一下子就惊呆了，松软的那颗心瞬间悬了起来：他怎么会找到这里的，怎么会？太意外了。

短短十几天没有相见，周旭看上去憔悴得不成样子了。

"薇儿，我终于找到你了，我找你找得好苦啊！"周旭激动地说。

"他是？"周旭指着楚飞疑惑地说。

"我同学楚晴的哥哥。"

这时候楚晴兄妹俩说："哦，你们聊，我们先出去了。"说完他们就走开了。

屋子里只剩下我和周旭两个人了，我不敢看他，也不知道该和他说些什么才好。

"你怎么找到这个地方来了？"我惊诧地问。

"薇儿，你知道么？我整整找了你十天了。从那天你悄然离开学校后，你知道我是怎么过的么？我每天借酒浇愁，茶饭不思。天天开着车到处找你，到处找你啊……我发誓，只要你不离开这个城市，我一定会找到你的。你知道么？我每天下班后，就是找你，找你啊。我顺着学校前前后后，你有可能租住的地方，都找遍了，依然找不到你的时候，你知道我是怎样的心情么？那是绝望啊！"我低着头，听着周旭激动地倾诉着，不说一句话。

"薇儿，还是我的痴情感动了苍天啊，前天晚上，我接到一个突然挂断的电话。我想那一定是你，一定是你。我很快就回拨了那个号，问是哪里，店老板告诉我是这儿的时候，我想你一定离这不远。"

"我想我终于看到希望了，看到希望了！我向单位请了假，这两天挨家挨户地找你，你知道么？当我问你房东，你们这儿有个叫何薇的女孩么？你房东说'有'的时候，我的心都快跳出来了。你知不知道！"说到这里，周旭已经泪流满面。

我不是一个没有感情的人啊，我已经被周旭感染了。我感动了，我确确实实地有些感动了。我可怜他，我真的好可怜他。一个为了爱情可以不顾一切的男孩，而何世泽呢？怎么就连我等待了数年的一句话都不敢说出口呢？

我非常清楚爱情只是爱情，而同情只是同情。

"再也不要离开我了，再也不要逃跑了，好不好？"周旭满眼

的泪水，含情脉脉地望着我。我还能说些什么呢？我可怜他，我同情他，我此时不忍说出伤害他的话来，这是我致命的弱点啊。

周旭忽然一下子抓住我的手放在他的胸口，我感觉到他眼泪滑落下来的温度。

只是几秒钟后，我猛地抽回手，低着头说："放开！"

"薇儿，我可以等你，无论多久！我会让你不再讨厌我的，我会的。"周旭坐下来，深情地望着我。

"我明天还要上班，你走吧！"

"薇儿，我会一直等着你！"周旭依依不舍地走出去。

我下楼去送了他。

直到他的车子如蜗牛般蠕动着驶出路的尽头，我还看见他挥别的手……

面对一个如此深爱自己的男孩，我心里面想的却是天各一方的他，我再一次陷入深深的迷惘之中……

46 情天恨海最泥泞

周旭走后楚晴从外面回来了，她看我的眼神里有着绝对的冷漠和不屑。

"薇儿，你不是说自己一直在逃避周旭么？那他怎么找到你了？"楚晴用质疑的语气问我。"我是在逃避他啊，我没有骗你，是他自己找到这里的。"

"你就把人当傻子吧，要不是你让他来过这里，他怎么会知道你在这儿呢？"楚晴冷笑着说。"装清纯！"楚晴又补上来一句。

我当时憋了一肚子的火，真想把她羞于启齿的事情说出来，可是我忍了又忍，最终没有再说话。生活在这样的氛围内，我想迟早也会被压抑死的，可是现在又能怎么办呢？

日子对于我来说就是一种煎熬，而挂在别人脸上的笑容为什么就离我那么远呢？

夜，又是孤寂的夜。曾经有一段时间我害怕夜晚，更害怕夜晚的孤独漫长。我会毫无来由地陷入，从前那场青涩恋情的回忆里，苦不堪言。

第二天下班后，我没有先回到那个小屋，而是在报社附近租了

房子。我也不知道哪儿来的勇气，这次没有再像平常一样犹豫不决。

我和房东说好以后，就坐车回到那个令人窒息的小屋。

楚晴正在准备晚饭了，我不知道该如何开口。可是眼看天色渐晚，不说也不行啊。"晴晴，我要搬到报社住了，领导说住这么远不方便的。"记得那好像是我努力编了几个小时的一个谎言。我是不善于说谎，又不好意思说自己非要搬出去，也只好说谎了。

"何薇，想搬走就直说，何必遮遮掩掩的呢？你以为你勾引我的男友赵子豪，我不知道么？要装什么好人？"楚晴积蓄在心里的恶气，终于暴露出来了。

"晴晴，这件事我一直想给你解释清楚的……"

"我不要你的解释，你走吧。"我话还没有说完，楚晴就哽咽着打断了我的话。我不明白她究竟在哭什么。我想，哭的应该是我，而不是她吧。

我将一封提前写好的信，悄悄地放在床上。信的大致内容是说走出学校对楚晴的感激之情，再有就是澄清那天令我感到耻辱的事实。

就这样我收拾了简单的行囊，离开了那个小屋，离开了楚晴。那种心情，不是简单的一个感慨万千能够形容出来的。

多年后，我还会常常想起楚晴，想起那个充满辛酸的小屋。我的心早已经平静似水，只是我再也没有见过楚晴，那个在我初入社会就给我上了第一堂人生课的女孩。

我就那样走了，没有一丝留恋的痕迹。我多想简简单单地活着，不再拖着忧伤的枷锁。仅此而已，就足够了。

我搬进了属于自己的小屋。那夜,摇曳的孤灯一直陪伴我到黎明。

一个星期后的早晨,我来到报社的时候,同事们都纷纷用异样的眼神望着我。我感觉很纳闷,有什么好看的呢?由于是实习记者,我上班通常就是在办公室写点稿子,整理资料。

"何薇,今早有人来找你,说是你男朋友呢,一直站在门口等你啊。"有个同事小声对我说。

"他在哪儿?"我心里马上就缩紧了,我的第一个反应——周旭。

"我也不知道,只是看着他很着急的样子,这会儿不知道去哪儿了。"

我就这样在忐忑不安的思想负担中工作了一天。因为总是跑神,我的工作效率差到了极点,接连被领导批评了两次。一种前所未有的挫败感,深深地刺痛着我。

下班后,我精神恍惚地走出办公室。走到单位门口的时候,我一眼看到了周旭。

周旭一下子看到了我,欣喜地说:"薇儿,我终于等到你了,你怎么也不和我说一声就搬走了啊?我昨晚去找你了,楚晴说你已经搬到单位住了。为什么呢?你是不是又在躲我?"

"是的,我就是在躲你,怎么了?"我也不知道怎么回事,突然一下子就在他面前哽咽了。

"薇儿,别哭,别哭了,是我不好……"周旭看见我掉泪,顿时就手足无措了。

也许出于对周旭的信任吧,我就和他说了自己离开楚晴的原因。周旭一直安慰我,说我刚踏入社会,风雨人生才刚刚开始。我听着他说的话，感觉像在讲故事一样。而后来事实上证明这些话，其实离我并不遥远。

那一刻，我感到他是一个有安全感的男人，而只是那一刻而已。我明白，那绝对不是喜欢，更不是爱。

周旭要送我回我的小屋，我没有拒绝，竟然鬼使神差地坐上了他的车。之前所有逃避他的心理防线，都在一点点碎裂。是因为太孤独了，还是因为太渴望温暖了。我想都有吧，这些是我最致命的弱点了。

父亲，不要怪我，不要怪我啊，我一直都是脆弱的。我怎么会不知道呢！而周旭追求我的这件事，我从来都没有和父亲提起过，我心里是自责的，愧疚的。可我并不愿意接受周旭的感情，更不想让为我父亲担忧。

周旭来到我的小屋子里，感叹地说："薇儿，以后让我来照顾你好吗？你住在这里太艰苦了。"

是的，我租的房子十分简陋，放下一张小床外，就没有空间了。不过我觉得很温暖，比和楚晴住在一起的时候好受多了。

"谢谢你呀，不用你来照顾我，如果可以，以后我们还是朋友好吗？"

周旭一下子沉默了，我们谁都不说一句话。

周旭的眼神莫名地停滞在了我的枕边。

我才想起来，昨晚写的日记忘了收起了。当然基本上我每晚写的日记里，都会出现何世泽的名字，不管相隔多远我从来都没有忘记，也没有从心里上真正地放弃。

"你还是没有忘记他，你还是没有忘记他……"周旭的眼睛一直停留在那本淡蓝色的日记本上，喃喃地说。

我慌张地拿起日记本。毕竟这样的场面，对周旭是一种无声的伤害。

"薇儿，不要藏了，我想看。"周旭一把将日记本夺了过去。

"你为什么还在为他写日记，为什么？为什么我这么爱你，你却视而不见？"周旭的眼睛里噙满了泪水，哽咽地问我。

"我也不知道，我忘不了他，这一辈子都忘不了。你走吧，你现在就走！"我情绪激动地说。没有人可以让我忘了他，没有人可以。

"薇儿，你们是不可能的，为什么你非要这样折磨自己呢？我想用我的一生来好好对待你，好好守护你。你为什么就不接受呢？我发誓，我一定可以让你忘记他，让你的眼中只有我。我会用自己毕生的爱，对你好，薇儿！"周旭望着我，哭得泣不成声。

我使劲地摇着头，心里涌出一阵说不出的痛楚。是的，我不喜欢他，但是除了何世泽，我又能够去喜欢上谁？我的爱情早已经倾城而出，早已经被往事的历史掏空，这些是再也无法改变的真实。

其实，周旭对我的表达和追求，一直以来让我感到沉重，感到压抑。我不能想象这样令人窒息的爱，会反反复复纠缠于我的生活之中。可是，我并不是没有丝毫责任的，也许我无形中给了他希望。我早应该绝然地离开这个城市，从刚开始就不应该用单纯的眼光看世界，不应该用怜悯的心肠去面对他。那么，也就没有这一切的悲哀了。

"薇儿，看着我的眼睛，这辈子我不能没有你，我不能！"

周旭偏激的性格再次无法控制地暴露无遗。我刚刚有些温暖的心，再次冰冷。

我望着他，忽然感觉很可怕，我一直不懂他。他为什么是这样一个双重性格的人呢？

"薇儿，没有你，我会死的。"

"之前没有认识我的那么多年，你为什么就能活了，而现在就不能了呢？你不要这样好不好？"我终于愤然地说。是的，我不喜欢他这样疯狂的表白和言语，我无法承受。

周旭半晌无语了。他一页一页地翻看着那本装满了相思的日记。

他突然像疯子一样，把手中的日记本撕烂，然后再撕成小小的纸片……

整个过程，我哭着阻拦："放下，别再撕了。"我的阻拦是苍白无力的，他更加肆意地撕碎着，嘴角还挂有一丝欣慰的笑……

我恨他，那一刻，我真的非常痛恨他。他撕碎的不是纸张，不是文字；是我流泪的思念，是我无悔的爱恋啊。他或许不懂，我为什么哭得那样伤心。他分明又是懂得的，要不他试图毁灭一段记忆时，为什么嘴角上还挂着一丝邪恶的笑呢？

我突然好后悔，好后悔让他送了我，让他知道我住在这里。

"你走吧，我再也不想见到你，疯子！"我声嘶力竭地吼道。

周旭看着我发怒的样子，好像一下子又清醒了；双手插进头发里，痛哭失声。

"对不起，对不起，薇儿，我错了。"

我都不知道该说些什么了，我就不能看到他这样，他这样可怜巴巴的样子，让我感到不忍。

单纯，善良。把我一次又一次地将自己弃于更为迷惘疼痛的边缘……

"你走吧！"我冷冷地说。

"你要原谅我，你不原谅我，我是不会走的。"

"我原谅你了，你走吧。"我心里好像已经没有了知觉。

周旭走了。我望着满地被撕碎的纸屑，心凉如水……

我苦苦挣扎在爱与恨的泥泞中。

许多条路都笔直地延伸着，我却早已无力回头……

47 血色折磨

那撕碎的日记如同我早已迷失的心没有支点，无处栖身。

我收拾不起满屋子的清冷，在流浪的思念中远走……

没有人可以阻止我默默地思念，没有人可以毁灭我如诗的守候。我还是为你，为你写下那些小小的句子，那些瘦弱的文字。

我一如既往地写下何世泽的名字，一如既往地守候着苦涩的相思。我早已经一无所有了，我只有在这些虚无缥缈的纸张上，小心翼翼地爱你，难道都不可以？

周旭，你为什么要疯狂地撕碎了我的日记呢，以至于我对那个渐渐消融的脸庞，再度清晰。爱一个人有多苦，忘掉一个人就有多难。

我发誓，我再也不会原谅周旭了，他太反复无常了。爱情里没有谁对谁错，然而，爱情绝对是一种感觉。谁又能够驾驭得了自己飞翔的思念呢？

表面上貌似平静的日子，就这样悄无声息地过去了三天。

那天上午，办公室里只有我一个人，其他同事都各忙各的了。

我正低头写一份稿件的时候，却感觉眼前好像有人似的。猛抬头望去，我的心马上开始下沉。又是他！我厌倦透了这幽灵般的来临。

"周旭，我说过了，请你以后不要再来打扰我了，好吗？"我怒气冲冲地站起身，对周旭说。

"薇儿，我太想你了，我请假好几天了，我没有心情工作，满脑子都是你，都是你！"周旭含情脉脉地望着我，好像根本就没有听到我的话一样。

"出去！等会领导就过来了，你让我怎么收场？"我压低声音说。我真的好怕同事或者领导突然走进来。

"好吧，我再也不会过来打扰你了。"

我冷漠地低着头装作继续写稿子，不看他一眼。其实我已经什么也写不下去了，心里乱成了一团。

我以为他已经走了，突然听见一阵细微的呻吟声。我转身看时，一下子就呆住了，简直太恐怖了，地上一片紫红的血……周旭软绵绵躺在那儿，鲜血还在汩汩地从他手腕上渗出，旁边是一个散落的碎刀片……

他自杀了！我双手掐着手指，这不是做梦吧，我忍不住失声惊呼。

同事们闻声都跑过来了，领导也赶来了。

"何薇，怎么回事？"领导惊慌失色地斥责道。

我已经吓得说不出话来。周围有同事小声地和领导说，地上的那个人是她男朋友，不知道怎么回事，竟然出现了这种情况。

已经顾不上太多了，有人打了120急救。我的同事们和医务人员，七手八脚地把周旭抬上了救护车。

我觉得这一切都是因为自己而引起的，我怕极了。我怎么可以因为拒绝一份爱情，而毕生背负上一条性命的情债呢？我坐在救护车里，一直握着周旭的手，我担心他死去，真的好担心他就这样死去。我的眼泪不住地落在他苍白的脸上，他能不能感受得到？

医生给他输了血。

"那个可能是他女朋友吧，怎么把人家折腾成这样？"

"就是啊，现在的女孩子也真是够过分的……"两个中年女医生，你一句我一句地议论着。我心里慌乱极了，不敢说一句话。

我从周旭的手机电话薄里，找到了他家里的电话。电话接通的那一刻，我半天都没有说出话来。毕竟这一切是因我而起的，我该怎样开口和人家的父母交代啊。

"你找谁啊，什么事？"我想，接电话的一定是周旭的父亲了。

"大伯，你来一趟空军医院吧，周旭病了。"我断断续续地说。

十几分钟的工夫，我在医院门口看到了周旭的父亲和母亲。我没有想到我们会以这样的方式见面。他们慌里慌张地跑到周旭身边，看到躺在床上的周旭，他的母亲一下子失声痛哭起来。我早已经被愧疚淹没了，不忍看到这一幕。

"你就是何薇吧！"周旭的父亲问我。我点了点头。

"经常听旭儿提起你，你们之间的事情我知道的不多，但是旭儿对你可是一片真心啊，我不希望看到他为了一个女孩，而整天失魂落魄。"

"伯伯，我理解您的心情，可是……"我不知道该怎么说下去。

周旭的母亲这会不哭了，冷冷地看着我说："我们家旭儿要是有个三长两短……"话还没有说完，就被周旭的父亲拦住了："这也不能全怪人家何薇，旭儿也是太任性了。"

周旭的母亲不时地用眼睛剜我，我可以理解她的心情，只是我一时也不知道该如何去安慰她。

医生走过来换药瓶说："你们都不要太担心了，他没有什么大碍的，多休息休息就过来了。"

我们三人总算长出了一口气。

"何薇，你也看到我们家旭儿对你有多痴心了。你也不要太让他为难了吧。"周旭的母亲冷冷地说。

我让他为难？我低着头没有说一句话，我感觉自己是那样的委屈和难过。

"你为什么不说话？我明白了，有什么条件你提出来好了，只要你别再折磨旭儿。"周旭的母亲用一种极其轻蔑的眼光盯着我说。

我没有想到周旭的母亲会说出这样的话来。

"伯母，您也许理解错了，并非所有的爱情都是掺有杂质的。"

周旭的母亲冷笑着"哼"了一声，我心里说不出的压抑，我明白她分明是鄙视我的。无所谓，真的早就无所谓了。我想，此刻所有的解释都是徒劳，她是不愿意相信我的。

我有什么好解释的呢？

我一直望着周旭，只希望他赶快醒过来。我只欠他一个人的情债，我却不喜欢他，有些话是无法和他的父母说清楚的，所以我不怪他的父母对我有其他的看法。

"薇儿，薇儿……"周旭好像在叫我的名字，他醒了，他终于醒过来了。周旭缓缓地睁开眼睛，他的嘴唇是那样的苍白。

"周旭，我在呢。"我俯下身子，安静地看着他。我想，这是

我唯一可能给他的安慰了。

"薇儿，不要离开我，再也不要离开我，好吗？"周旭突然抓住我的手，哽咽地说。我违心地点点头，这个时候我能够说些什么呢？我不知道。

"爸，妈，你们也来啦？"周旭好像刚刚看到了父母。周旭的父母看到自己的儿子醒来也很欣慰。周旭的母亲双手合十，嘴里不停地念叨着。

"爸，妈，她就是我的女朋友何薇。"周旭对父母说，他的眼中漫溢着骄傲。

"我们已经认识了。"

"旭儿，为什么要这样残忍地对待自己？我想知道。"周旭的父亲一脸沉重地问道。

"都是我自己不好，不关薇儿的事。"周旭的手一直紧紧地抓住我的手，好像稍一松弛我就会飞掉似的。

"我知道，可是你们要么就好好地在一起，要么就分开，不必要这样相互折磨啊。"周旭的父亲接着说。

"爸，你不懂。"

"薇儿，对不起！我惹你伤心了。"周旭无限温柔地望着我说。

"旭儿！"周旭的母亲在用眼睛狠狠地翻着我，我知道她对我相当的不满和鄙视。

"何薇，希望你以后不要再折磨旭儿了。"周旭的母亲用警告的语气对我说。

"妈，这不关薇儿事，是我自己，都是我自己太冲动了。"周旭苦苦地替我辩护着，我却不知道自己该说些什么。

"不管怎样，我都希望你们能够幸福。"周旭的父亲在一旁说。

"何薇，我还是那句话，你有什么条件尽管说，只要别难为我们家旭儿。"周旭的母亲好像彻底误会我了，又说了这么一句让我无法辩解的话来。

"妈，薇不是那样的女孩，是我不够优秀。"我以为周旭会告诉他的父母，我心里早已有了心上人，但是他没有。他的手一直保持着一个姿势，就是紧紧地握着我的手。

整整一天，我就那样陪着周旭。我不想给他希望，而如今又不得不给他希望。我感到压抑，感到前所未有的彷徨。

晚上我要回去了，周旭拉着我的手说什么也不让我走。他就那样一直可怜巴巴地看着我。这场血淋淋的折磨，让我痛苦不堪，无力回头。

周旭的父母都用期待的眼神看着我，我终于还是答应留下来陪他。我的单纯和善良铸就了错误的悲剧，并且一错再错。

没有爱情的相守，除了是一场不幸外，还会有什么呢?

周旭的父母虽然有些不放心，在周旭的坚持下还是走了。

我喂周旭吃饭，起身。我尽量地来偿还自己无法给予他爱情的愧疚。

周旭一直含情脉脉地望着我，他告诉我，今天是他一生中最幸福的一天了。我禁不住辛酸。

"薇儿，如果这样可以留住你，我宁愿自己残废了，宁愿自己永远躺在这里……"周旭说的话，让我感觉太沉重，太压抑了。他爱得太痴狂了。不像我，不像何世泽，他们是两种完全不同的爱的方式。

　　而我更愿意接受何世泽沉默的爱恋，可是，可以吗？可以那样和你相爱吗？

　　我始终不明白怎样的相遇才是最恰当的，才是最完整的呢？遇上何世泽，太早太早了，在我还是小孩子的时候。而周旭呢，在我已经不能够再去爱上一个人的时候，遇上了他。这，又何尝不是一种人生的苦难呢？我一直没有明白。

48 舍你其谁

　　冰冷的医院里，我一直不想说话，静静地趴在床边睡着了。

　　第二天，我用周旭的手机打电话给报社请假，接电话的工作人员说，你以后不用来上班了。这样的结果，我没有感到特别的意外，谁愿意整天招惹这样的麻烦呢？而且还是如此恐怖的血腥场面。我失落地挂断了电话，感觉无限地迷茫。

　　毋庸置疑，我就这样失去了刚刚找到的工作，周旭有着不可推卸的责任。可是恨他、责怪他又能怎么样呢？又能够挽回什么呢？

　　我想起了父亲，我何以面对他寄予我的厚望呢？我心里闷闷的。

　　"薇儿，对不起，都是我不好，让你就这样丢了工作。"

　　"周旭，现在我很害怕你和我说对不起。只要你和我说对不起的时候，我肯定要受伤了，或者要面对选择了。"我幽幽地说。

　　"以后我再也不会这样惹你伤心了，对不起。"周旭此刻像个可怜的孩子。

　　我一片惘然，明天的明天又是什么样子呢？

　　周旭的父母来医院后，我执意要回去，周旭没有再勉强；我在周旭依依不舍的眼神中离开了医院。

回到自己的小屋后，我狠狠地痛哭了一场。为什么偏偏就遇上了这么一个人呢？那样血腥的场面让我想起来就感到无限的惶恐。

遇上周旭后，我的日子没有一天是轻松的，而在这样的无奈的情况下，我却又给了他希望。为什么会是这样呢？我感觉生活于我是虚无缥缈的。我没有希望，没有目标，没有一丝快乐起来的理由。

我还是要抓紧时间找工作，我必须要给父亲一个交代。

忽然特别想家，想父亲，想我忽略了好久的哥哥。我往小集上打了电话，是父亲去接的。

听到父亲的声音，我眼泪就忍不住开始往下流。而我却故作轻松，我不能让父亲再为我担忧。

"薇儿，上班感觉还顺利吧？"

"爸，还好了，我就是学这个的，这份工作还算得心应手吧。"

"那就好啊，爸为你高兴啊。"

"爸，我想回家两天，我请假了。"我和父亲撒谎道。

"想回来，就回来住两天吧。"

……

坐了一天的汽车，天擦黑的时候，我才算回到了家里。老院子里的荒草郁郁葱葱，墙角的青苔寂寞地横生着。父亲明显地老了，斑白的双鬓刻满了沧桑的痕迹。

哥哥看见我欣喜地跑过来："薇儿！"

我们一家三口坐在那间小小的厨房里，烧火，做饭。好久好久我都没有感觉到这样的温暖了。多好，这样的感觉。我所有的迷惘，此刻都已经抛洒在纵横的阡陌……

　　父亲睡觉了，我和哥哥坐在厨房里说了好多好多话。

　　我小心翼翼地问着何世泽，哥哥感叹地说真是想不到，都过去那么多年了你还是惦记着他，好痴情的妹子啊。

　　我无语泪流。

　　哥哥说何世泽回来了，前天他出门还见到他，两人还打招呼呢。听哥哥这样说，我的心怦怦乱跳起来，莫名的激动和慌乱。我用手捂住胸口，提起他我就开始心痛。多少年了，我还是忘不了啊，那种感觉只有他一个人能够给我，我欺骗不了自己的心啊。

　　那晚，我在无限的期待和憧憬中失眠了。我曾经执著过的，原来一直都是那么坚定，原来一直是无可改变。

　　我感到希望的同时也预测了未来的绝望，如果爱你，一生都不能改变的话，除了绝望，我还能拥有什么呢？

　　第二天，吃完早饭，我站在门口望着何世泽的家。是的，那里凝结着我的希望，以及我无法完成的梦。

　　没有什么比这样安静地看着那熟悉的老屋更能让人欣慰的事情了。这样的望着，望着你出生以及你长大的地方。多好。

　　我总是像祈祷奇迹一样，虔诚地祈祷着和你的重逢或者相遇。此刻，毫不列外。

　　我是如此地感激命运，感激一切，让我再一次与你相遇。是的，我是多么激动多么幸福啊，当我再次看到你。

　　何世泽显然也看到了我，他僵硬的回眸足以证明，他看到我时的感慨和惊异。

　　他向我家门口走来，如梦如幻地走来。

我此刻是站在希望的肩膀上么？还是行走在岁月粗犷的诺言上呢？

他来了，走近我。

多么安静的重逢，不说一句话，就那样默默地望着。

无法抑制，无法抑制的是我潸然而下的泪水；无法抑制，无法抑制的是我狂乱不羁的心……

"薇儿，你还好么？"

"还好。"我早已泪流满面。

"你呢？"

"嗯，还好。"

如果，你早已经忘记了我，为什么你的眼中此刻会噙满泪水呢？

这样的痛苦的幸福，太过短暂，太过缥缈。

我忽然看到了一个，我不愿意见到的身影——洁。洁笑盈盈地向我们走来。

"薇儿，什么时候回家的啊？"洁明显地比以前胖了，她的出现让我的心瞬间缩紧。

"昨天，你……"

"哦，我在家没事，来给世泽他们家帮忙干活呢。"

我不知道心里是什么滋味，总之难过得要命。

"泽，我们回去吧！"洁是那么自然地喊着他，喊着那个一度让我心碎的名字。何世泽深深地望了我一眼，说了声再见，就头也不回地走了。

我看到他们俩一高一矮的背影逐渐消失在视线的尽头，心如刀割般疼痛……

　　回到自己的房间里，我趴在床上。那是怎样一种难以言说的绝望啊，而我却不能哭出声……

　　没有你，没有你，我该去爱谁？没有你，没有你，我要如何走出伤悲？

　　泽，请让我忘却你的声音——你独一无二的声音。

　　请让我忘却你的双眸——你火焰的双眸。

　　犹如鲜花离不开芳香，我割不断对你的幻想和记忆。你就像一处一直在疼痛的创伤，只要我稍加触碰，立刻就会遭受莫大的伤害。

　　你的身影缠绕着我，犹如青藤攀附着阴郁的城墙。

　　我已忘却了你的爱，可我从每一扇窗里隐约地看到你彷徨忧郁的泪。

　　因为你，夏季沉闷的气息使我痛楚。因为你，我又去留意燃起欲望的种种标志，去窥视流星，去窥视一切坠落的事物。

　　泽，真想问你，真想问你，为什么你从来都不对我说出那句话呢？

　　真想问你，真想问你，曾经的一切已经烟消云散了么？

49 温柔的震撼

我感觉梦中最后的一丝希冀，彻底在经年洁白的等候中死去。除了眼泪和忧伤外，我还有什么呢？

接下来，短短一年的时光，却成为我人生中最难熬的阶段。我依旧痴心不改地写日记，依旧小心地在文字中，守护那个让我疼痛的名字。我重新找了一份报社的工作，拼命地去工作，拼命地去忘记。然而，我还可以忘记么？就这样悄无声息地忘记你，像最初我悄无声息地爱上你一样。

一切都在灰暗中默默地滑落。爱情、流年、丁香、萤火……

这样一年的时光里，我和何世泽再也没有往来过一封信。许多终究没有说出口的话，被逐渐掩埋在岁月的沧桑里，只留下永恒的斑驳记忆……

而面对周旭的一往情深，我除了同情和怜悯外，依然没有任何感觉。我知道，如果我接受了周旭的感情，那么将是多么的悲哀。因为，我真的已经不能够去爱一个人了。我努力地试着接受周旭，试着喜欢他，却最终都是徒劳的结果。我知道，我的爱情早已被掏空了，无可救药了。

　　腊月的一天，周旭苦苦地哀求我去他家一趟。我想，去就去吧。我没有再坚持，坐上周旭的车。他的高兴是溢于言表的，他从单位接我到他家门口的过程中，一直唱着情歌，我突然就有些很感动。

　　这是认识周旭几年来，我第一次来他家。周旭的父母很客套地让我坐，给我泡了绿茶。我有些不安地浅浅坐下来，除了周旭，这里的一切都是陌生的。虽然说以前见过周旭的父母，但这次我还是有些羞涩。我安静地望着杯子中浮动的茶叶，不知道为什么不敢看周旭的父母。

　　"薇儿，以后没事就来这里，这以后就是你的家了。"周旭的母亲递给我一个削好的苹果，眉开眼笑地说。我的脸禁不住一下子红了，却还是点了点头。

　　周旭的父母去厨房的时候，周旭调皮地让我闭上眼睛。

　　"干什么呀你！"我疑惑地说。

　　"薇儿，你只管听话好了。"周旭很神秘地笑着。

　　我很乖地闭上了眼睛。

　　"薇儿，好了，睁开眼睛吧！"

　　映入我眼帘的是一个只有在电视上见过的烛光晚餐。豪华的圆形餐桌上，蜡烛围成了一个心字的形状，中间是一个大大的蛋糕，上面写着：薇儿，永远爱你。这一切让我感觉是那么的震撼，我早就把自己的生日忘记了，也根本就没有在乎过自己的生日。而周旭竟然把它记到了心上，我怎么能不感到意外和震撼呢？

　　认识周旭以来，一直感觉他是个特别浪漫，也特别极端的人。这是他留给我的所有好的或者不好的印象了。而今天，他再一次在

我面前演绎了这种温柔的浪漫。

开饭的时候，门外有人按门铃。一个很阳光的男生拿着一大束鲜艳欲滴的玫瑰花，走到我面前说："祝何薇小姐，生日快乐！"

我惊诧的同时，接过了鲜花。我看到周旭，冲那个男生感激地笑着。周旭一个劲地挽留那男生一块吃饭，那个男生还是很有礼貌地和我们说了再见。

饭局中周旭的母亲说："薇儿，过段时间找个好日子，你和旭儿就订婚吧，不要再拖下去了。"

周旭母亲的提议，让我感觉很突然，我一下子显得很慌乱："伯母，这件事我还，还没有和家里说……"

"这么大事，你这丫头怎么不给家里说呢？"周旭的母亲疑惑道。

我半晌无语。我该怎么说呢？说自己根本就没有喜欢过周旭？怎么能呢？

这时候，周旭忙解围道："妈，薇儿害羞嘛，过些日子再说也不迟啊。"

周旭的母亲给我夹了菜，笑着说："也是啊，丫头过两天给家里商量商量啊，这可不是小事呢。"

……

我羞涩地满脸通红。

晚饭后，周旭的父母执意地挽留我，我婉言谢绝了。

周旭开车送我回到单位的宿舍。我下车的时候，周旭忽然吻了我冰冷的嘴唇。我慌张地打开车门跑了出去。

多年后我依然能够记起，那对于我来说，这是最为安静的一吻。

躺在床上，我辗转难眠。竟然莫名地开始自责、愧疚，莫名地流下哀伤的泪水。我清楚地知道，这一切都是为了谁……

我挂满水晶的眼眸，曾经牵起雾失楼台的紫燕，你看到了么？梦里的离歌，荡起心湖里隐藏的离愁别绪，你看到了么？我如莲花一般的娇羞，早已嫣红杨柳岸的晓风残月，你是否能够看得到？

夜，漆黑的迷惘；我无尽的彷徨，四处流浪在爱与痛得边缘……

50 爱与被爱

我的青春，就好像是一枝在做梦的花朵。

纯真的世界里，一直都是那么的真实和清凉，却只是盛开在暮秋的雨雾里，一次次错过最繁华的时节。

一直不喜欢雨天，那种天空灰暗，雨声萧瑟的景象，常常会让我倍感孤单。从周旭家回来以后，这些天总是淅淅沥沥地在下雨，我的心情烦闷到了极点。

我反复琢磨应不应该和父亲提起我和周旭的事。我欺骗不了自己，从心底我还是排斥他，甚至讨厌他。而何世泽根植在我脑海中的影子，却不断地浮现出来，挥之不去，纠缠不清。

我迟迟不愿意向父亲提起那件事，而周旭每次来找我，总会问我，你怎么还是不和家里人说呢？我却屡屡刻意地回避着。是的，我好像一直都在逃避现实，不愿意去面对已经来临，或者即将来临的事情。无论是我所渴望的，还是我所抵触的。明明知道这样无法解决问题，却还是一味地逃避。有什么办法呢？生性如此吧。

我继续过着迷惘的日子，一颗心继续漂泊着，疼痛着。我找不到一个平静自己的角落。

无论在多么热闹的场合，我依旧会感到灵魂的空虚，无力调整。

那天下班后，周旭接我去吃饭。从见到他到我回家的路上，我一直没怎么说话。

周旭将车停在一个公园的旁边，好一阵子我们都在保持沉默。

"薇儿，你为什么这么忧郁呢？开心一点好么？"周旭含情脉脉地望着我说。

我苦笑了一下："没有啊。"

"薇儿，你的忧伤和快乐都逃不过我的眼睛。我知道，其实你从来都没有忘记那个臭小子！"周旭点了一支烟猛吸两口，忽然恨恨地说。

他忽然冷酷的眼神和言辞让我有些惶恐。

我心里面更加难受，我不想任何人鄙视何世泽为臭小子，任何人！

我愤然地说："你凭什么这么说我？"

"就凭你的神情，你的眼神。你知道么？薇儿，我每次跟你说话的时候，你总是在跑神；或者我跟你说了好几句话的时候，你才会木然地问我一句，你刚才说什么。你知道么？我心里是什么滋味！我无怨无悔的爱着你，而你呢，却爱着一个虚无缥缈的梦；不是么？你们根本就不可能，你为什么就不能放下呢？"

周旭一口气说出了憋在心里的心事，我低着头不说一句话，我有什么好解释的呢？事实上，周旭说的都对，也说到了我的痛处。

我是一直都在忽略他，甚至没有在乎过他，是这样的啊。我有什么好说的呢？

"薇儿，看着我的眼睛，你为什么不敢看我？"我抬起头看着他，就那样木然地看着他。

"薇儿，你的爱情已经被掠夺过，你不会爱了，你知不知道？"

"我早就知道，所以这是我一直拒绝你的原因，我们在一起是不会幸福的。"我叫道。

"薇儿，你知道的，我爱你，我离不开你。你为什么就不能改变一下自己呢，或者尝试着爱我？"周旭痛苦地将双手插进发际。"你从来不主动去表达，可你对别人的表达却总是一种冷漠的神态。你越正式说的话越不能信，你信口说的胡语却往往是真的。你从来不说自己想要什么，而且喜欢故意让我生气。你从来不提及自己的过去，也不和我一起憧憬未来……"

"……"

我忽然站起身，冷冷地说："够了，够了！周旭，我们分手吧！这样下去真的是一种折磨。"

"薇儿，你根本就不愿意和我沟通，你为什么就不能尝试着改变自己？"

"我需要时间，我现在做不到！"

"多久，一辈子？我无法忍受了，无法忍受了，分手就分手！"周旭大声嚷着。

"好吧！我先走了。"我伸手就拉开车门，想跑出去。

周旭一把拉住我的手："你看看，你还是一副不动声色的样子，你知道我心里难受，你为什么不劝劝我？你觉得这样好吗？坚强？高尚？"

"你既然知道我心里想什么，为什么非要逼我说出来？"我生气极了。

"我就是想听你说出来，我不想猜，猜你让我太累了。我恨我自己，为什么就这么痴心不改地爱上你了呢？"周旭说。

"不要恨自己了，分手！"我坚定地望着他的眼睛。

其实我心里一直在哭，我从来都是脆弱的啊。

"不要再任性了，薇儿！我们为什么就不能活得轻松一些？"

……

我无语。

我能够再说些什么呢？总之，是我不够好，可是我依旧不想说出来，不想承认。我在竭力地守护什么，我怎么会不知道。

51 承受不起的爱情

自从上次激烈地争吵以后，周旭整整一周没有再来找我。我以为，这次他真的下定决心不再理我。其实，这样何尝不是一种解脱呢？对周旭，对我都是一件轻松的事，我天真地想。

那天晚上，窗外雨声潇潇，苍凉地打在宿舍的窗户上。几个同事都已经睡了，我却翻来覆去地睡不着。外面凌乱的雨点声，让我感到心神不宁。

"丁零零"我的手机响了一下。这么晚了，会是谁的短信呢？要在平常，周旭一天到晚信息留言不知道来了多少，而这样的平静已经整整一个礼拜了。会是谁呢？

我摁下短信键，是周旭发来的消息。映入我眼帘的几行字，让我百感交集：薇儿，我想你了，我马上到你门口，不要不见我。

我穿好衣服，安静地坐在窗户前等他。

无论我们是否走在一起，我都不希望他为我而受伤害，我一直是这样想的，但是我还是无意中伤害了他。可是，对此我也无能为力。有谁不想好好地经营一份属于自己的幸福呢？

时钟指向十二点了，周旭还没有来。我心里愤愤地想，不来就不来，骗我干什么。我想给他打个电话问问，又一想还是算了，你要走我绝不挽留。

我躺在床上胡乱地想着，就那样迷迷糊糊地睡着了。

然而我怎么也没有想到，周旭就是在那天夜里，在来找我的路途中出了车祸。

等我第二天打他电话提示关机的时候，我才开始担心周旭。等打电话到他父亲那里的时候，周旭已经离开人世了。

原来我们没有相见的一个星期里，周旭每天都在借酒浇愁，痛苦不堪。

头天晚上，雨下得很大，周旭非常想见我。他匆匆地和父母打了声招呼，就开车去找我。他父亲问他一句："这么晚了，外面还下着大雨，你还跑出去干什么？"

"去找何薇！"周旭撂下这么一句话，就一头钻进车里，头也不回地驶入雨中。

周旭出了家门后，径直奔向了我住的方向。那天雨下得很大，雨刮器根本来不及刮掉雨水，一个司机由于视线模糊了一下，刹车踩得晚了，悲剧就在一瞬间发生了，伤势严重的周旭被送进了最近的医院。

据周旭的父亲说，周旭还没有断气的时候，死死地用手捂着衣兜。别人都以为他的衣兜有很重要的东西。当医生掰开他的手时，才发现只有一个彩色纸张叠成的千纸鹤。

那只千纸鹤，是我随意折叠后又随意丢放在他车上的，这已经是几个月前的事情了，我怎么也没有想到，周旭竟然把它视为珍宝

地收藏着。

　　我跑到医院的时候，双腿已经软得不成样子了。我惊恐地浑身瑟瑟发抖，不住地掉眼泪却无法哭出声。

　　周旭的父亲和母亲一直趴在地上恸哭。他们惨烈的哭声，让我心里像刀割般的疼痛。

　　"何薇，都是你，都是你……"周旭的母亲突然从地上跳起来，上去撕扯住我的头发。我一动也不动地站在那里，我不想躲，也不能躲。

　　周旭的父亲一把拉过她叫道："你想干什么？"

　　周旭的母亲继而又俯在地上，没命地号啕大哭起来。

　　我除了恨自己外，再也没有其他的知觉了。直到这个时候，直到周旭死了，我才彻头彻尾地发现他的好。

　　人啊，为什么总是等到失去后才去珍惜呢？

　　我一直无声地流着泪。眼前的悲剧，恍惚如梦。

　　我没有看到周旭的遗体，我赶到医院的时候，周旭已经被推进了太平间。可是我无数次地梦到过周旭死时的样子，他的眼神中装满凌乱的悲哀和对生命的眷恋。

　　爱一个人竟然能如此艰难，而被爱却又这样痛苦，这算不算是一个错误呢？

　　我整晚整晚地梦见周旭，梦见周旭含情脉脉的眼神；梦见周旭痛苦地叫嚷着："薇儿，你为什么就不爱我呢？为什么呢？"

　　我一次次地从噩梦中惊醒，一次次无声地流泪，我欠了他的，毕生都要欠他的啊。我再也无力偿还他了，再也不能了。

周旭走了，走的如此决然。而我终将毕生欠了他的情，无力偿还。

生命是美的，堪比所有的花朵。

而周旭这一辈子只是在做一件事情，那就是好好地爱过一个人，这本身何尝不是一种圆满呢？

周旭，天堂里有没有你忠贞不渝的爱情？周旭，你会不会恨我呢？

周旭，你能够看见我对你的怜悯以及心疼么？是的，我一直都在怜悯你，而我却最终伤害了你！周旭，原谅我。原谅我活着的这么多年里，只能同情你，却不能够去爱你。

周旭，你能看见我为你流下的惋惜的泪水吗？

其实我要求的不多，我只想要自己心仪的男子。周旭要求的也不多，他只想要自己心仪的女子，能够在乎他一点点。

可是最终却都无法实现。

我为爱情付出得不多，而周旭为了爱情付出得太多。

周旭爱得太沉重了，他让我承受不起。

这一生都承受不起。

周旭，我要为你写篇日记，周旭，你看见了么？今晚我只为你一个人而写日记。

远方孤寂的你，是否会在月明风清的木桥，或者在这秋雨霏霏的古道，为我默数这梦境里的片片残红和静寂无言的相思，或者怜惜地为我抚慰，这现实中如影随形的孤独和死一般的绝望呢？

周旭，我想用心地为你，编织着一束诗歌；用心地装点着一片芬芳，一掬甘露，一阵欢笑。只给你一个人。

52　如何相忘于江湖

　　兰舟已远，该如何让你看见我为你写下的凄楚诗章？

　　青丝成霜，该怎样让你看见我为你流下的清泪纷飞？

　　我再一次想起，庄子的那句：与其相濡以沫，不如相忘于江湖。然而，有谁能够像庄子那样超然呢？我是俗人，我依旧迷失于痛苦与惘然的尽头。

　　我真的一无所有了，其实，我早就一无所有了。周旭，何世泽，爱的或者不爱的，统统都以不同的形式，离我远去，难以回头。

　　爱过，痛过，如何相忘于江湖？

　　周旭从我生活中彻底地消失了，却在我心头留下了永远抹不去的伤。为了弥补自己对周旭的愧疚，我常常在工作之余去看望他的父母，把他们当成自己的亲人。我能够做到的只有这一点了，这样以来我的心里也会好过一些。

　　除此之外，我还能做些什么呢？而我对于周旭的感情，直到他离去的时候，却还是停留在同情中。

　　同情代替不了爱情，当我明白的时候却已经是花零漫天了，已经是蓦然回首千百年了。

那时候，我在日记中写道：周旭，如今你想要什么，我都会给你，除了爱情。

而我自己太痴情，这一生只能爱一个人——何世泽。对此，我是非常清楚的，所以我才不能够对周旭说出那句"我爱你"。

那一句话，我等待了多少年，而何世泽却始终不肯说出口。这，难道就是命运？

多年来，其实我一直都待在一个地方守候，甚至从来没有挪动过方向。我本以为好多话不说出来，何世泽也应该知道的。我想，既然心里知道又何必非要说在明处呢？

也许，爱就是这样在不经意间一次又一次地错过，直到覆水难收。

这次，我忽略父亲和哥哥有多久了，我不记得。我只记得，我打电话给父亲的时候，刚一听到他的声音，就孩子似的失声痛哭……

父亲告诉我，何世泽独自一个人去了纽约的时候，我的心再次如刀割般的疼痛。

那晚，我第一次喝了白酒，躺在宿舍的阳台上，一醉如泥。泽，你走了，把我的灵魂也带走了。

我仿佛看到了遥远的天涯，那清冷的月光，化作你的替身。我依偎在月光里开始入梦，梦中全都是你的影子，我愿为了爱沉睡到永远。泽，如果，你懂得，请不要让我醒来……

从此，属于我的每一个孤独黑夜，都因你的样子而生辉。你真的不知道么？不知道么？

忘，谈何容易？烟雨亭边，你用火焰的眼眸铸就了我的心结，江南的水光激滟了你的深情，你已是我一生的水源；润我干涸的视线，

柔我冷硬的心痂，忘记你，不如忘记我自己。

时光一寸寸老去，我对你的思念依然如故，在独自流泪的时候，仍然千转百回。

泽，天涯尽头，这一个痴心的女子，已经为你望穿了秋水。你能否感知?

　　青灯依旧
　　我的诗歌
　　空瘦

　　头顶的白月光
　　是我倒挂在
　　空中的誓言

　　等你
　　一天又一天
　　等你
　　错落经年……

这些话，我希望某一天何世泽能看到。

爱，我从未对你说出口，你，却一直在我内心最深处。